L'HARMONIE INTÉRIEURE

Du même auteur
aux Éditions J'ai lu

Le sens de la vie, *J'ai lu* 4977
La voie de la lumière, *J'ai lu* 5370
L'art du bonheur, *J'ai lu* 5615
Paix des âmes, paix des cœurs, *J'ai lu* 6598
L'art de la compassion, *J'ai lu* 6959
L'art du bonheur - 2, *J'ai lu* 6980
Vaincre la mort et vivre une vie meilleure, *J'ai lu* 7482

SA SAINTETÉ LE DALAÏ-LAMA

L'HARMONIE INTÉRIEURE

TRADUIT DE L'ANGLAIS
PAR CLAUDE B. LEVENSON

Collection dirigée
par Ahmed Djouder

Titre original:

AWAKENING THE MIND, LIGHTENING THE HEART
Précédemment paru sous le titre :
Clarté de l'esprit, lumière de cœur

AVANT-PROPOS DE L'ÉDITEUR

Les enseignements visant à transformer l'esprit expliqués ici par Sa Sainteté le dalaï-lama reposent sur un texte composé au début du XVe siècle par Hörton Nam-kha Pel, disciple du grand érudit et adepte Tsong-khapa (1357-1419).

Intitulé *Rais de Soleil,* ce texte est un commentaire d'un poème plus ancien, *Exercer l'esprit en sept points,* cité à maintes reprises dans l'ouvrage. Le poème est reproduit dans son entier à la fin du livre. Au début du siècle, *Rais de Soleil* s'est fait plus rare et quelque peu obscur. Après que le tuteur aîné du dalaï-lama, Kyabje Ling Rimpoché, en a entendu l'explication, ce texte est devenu l'un de ses préférés. De manière à la fois succincte et aisée autant à comprendre qu'à pratiquer au quotidien, il combine les qualités de l'exercice de l'esprit et les étapes de la tradition de la voie du bouddhisme tibétain. Ling Rimpoché s'est occupé de faire réimprimer et distribuer le texte tibétain, et l'a lui-même enseigné. Ensuite, le dalaï-lama a fait de même à Dharamsala où il habite, dans les monastères reconstruits en Inde du Sud et à Bodh Gaya, où le Bouddha a accédé à l'Éveil. D'où le regain de popularité du texte.

Les enseignements présentés ici par Sa Sainteté ont été traduits et mis en forme par l'équipe suivante : le vénérable Guéshé Lobsang Jordhen, diplômé de l'Institut de dialectique bouddhiste de Dharamsala, qui est depuis 1989 assistant religieux de Sa Sainteté et son traducteur personnel ; Lobsang Choephel Gangchenpa, également formé à l'Institut de dialectique bouddhiste et qui a travaillé comme traducteur d'abord à la Bibliothèque des archives tibétaines à Dharamsala, puis en Australie pendant plus de dix ans ; et Jeremy Russell, qui a une expérience de travail de plus de douze ans avec la communauté tibétaine de Dharamsala et qui édite *Chö-Yang, la voix de la religion et de la culture tibétaines*, publié par le Département des affaires religieuses du gouvernement tibétain en exil.

INTRODUCTION

Le Bouddha a prodigué maints enseignements, correspondant à la diversité des intérêts et des aptitudes de ceux qui venaient l'écouter.

Chacun de ces enseignements indique des méthodes et des voies par lesquelles il est possible de purifier l'esprit et d'accéder au plein éveil de la bouddhéité. Parmi ces diverses séries d'instructions, il en est une particulière, dite entraînement de l'esprit ou transformation de la pensée. Il s'agit d'une technique spéciale, visant à développer ce que nous appelons l'esprit éveillé, l'aspiration d'accéder à l'éveil en vue d'aider les autres. Elle a été transmise au Tibet par le maître indien Atīśa, qui l'a enseignée à ses disciples tibétains. Le premier dalaï-lama a reçu la transmission de Hörton Nam-kha Pel, et à partir de lui, elle est venue jusqu'à mon propre lama de souche, feu Kyabje Ling Rimpoché (1903-1983) de qui je l'ai reçue.

Ce texte met l'accent sur la quintessence des enseignements du Bouddha : cultiver l'éveil de l'esprit. Je suis heureux d'avoir l'occasion de l'enseigner, car moi-même je m'y conforme. Sans prétendre avoir toutes les qualifications nécessaires afin de l'impartir, je l'admire et le révère profondément. Transmises par le Bouddha, ces précieuses instructions me sont parvenues en cette époque de dégénérescence, alors que ses enseignements sont presque éteints. Que je donne cet enseignement ou que vous l'écoutiez ou le lisiez, nous ne sommes pas engagés dans une compétition. Nous ne le faisons pas en vue d'un gain personnel. S'il est dispensé dans le désir le plus pur d'aider autrui, il n'y a nul danger de dégradation de notre état d'esprit, qui ne peut que s'en améliorer.

Seule la pratique de la méditation peut nous faire accéder à l'éveil : hors d'elle, il n'est nulle voie de transformation de l'esprit. Le but principal de la lecture ou de l'écoute des enseignements bouddhistes est de nous permettre d'entreprendre comme il convient la pratique et d'essayer au mieux d'appliquer ce que nous comprenons. Pour l'heure, nous avons obtenu une vie précieuse d'êtres humains libres et favorisés ; nous sommes capables de nous engager dans cette pratique. Nous devons en saisir l'occasion. Il importe certes de nous préoccuper de notre existence, mais sans en être obsédé. Il nous faut aussi songer à l'avenir, nous ne connaissons presque rien de la vie après la mort et notre sort est imprévisible. S'il y a une vie après la mort, il est très important d'y songer et de s'y préparer. Parce que nous avons toutes les conditions nécessaires à la pratique du dharma, c'est-à-dire les enseignements du Bouddha, il nous faut concentrer tous nos efforts afin de donner sens à notre vie.

Aussi, nous pouvons nous engager sur un sentier débouchant à l'avenir sur des renaissances favorables menant à l'éveil. L'aspiration ultime est d'accéder à l'éveil plénier de la bouddhéité, quand bien même une future renaissance heureuse n'est pas vraiment certaine. Réfléchir aux inconvénients généraux et spécifiques de l'ensemble du cycle de l'existence, ce cercle vicieux de naissance et de mort, nous conduit à aspirer à nous affranchir de la souffrance. En outre, nous devrions nous soucier non seulement de notre sort personnel, mais également du bien-être des autres.

Cette technique particulière de transformation de l'esprit se trouve dans un poème intitulé *Exercer l'esprit en sept points*, tiré ici de l'ouvrage *Rais de Soleil* de Hörton Nam-kha Pel. Ce que nous entendons par esprit, pensée ou conscience est quelque chose de très complexe. Selon les enseignements du Bouddha, il n'y a point de dieu créateur ; tous les phénomènes adviennent en dépendance de leurs propres causes et conditions. Il nous faut analyser quelles sont ces causes.

Tout comme la chaleur du feu n'est pas créée par quelqu'un d'autre, car c'est la nature du feu que d'être chaud, et tout comme la nature de l'eau est d'être mouillée, il y a quelque chose appelé conscience ou esprit, sur la base de quoi nous ressentons plaisir ou douleur. Dans l'ensemble, si l'on ne connaît pas la nature d'une quelconque substance, on est incapable de la transformer ou de l'utiliser. Sans comprendre les conditions climatiques d'un pays, nous ne serons pas à même de juger de l'époque favorable pour planter des fleurs. Pareillement, afin de réaliser une transformation de l'esprit, il importe d'abord d'identifier ce qu'est l'esprit ou la conscience. Ensuite, il faut voir comment procéder.

Que l'on accepte ou non l'existence d'une chose appelée conscience ou esprit, il est clair que chacun a l'expérience du plaisir et de la douleur, et que chacun recherche le bonheur et fuit la souffrance. Ce bonheur que nous cherchons et que nous désirons, il naît de l'esprit. Donc, il nous faut identifier la nature de l'esprit et le processus par lequel nous pouvons le former et le transformer. En conséquence, il nous faut examiner s'il existe un état où il est possible d'être totalement affranchi de tous les aspects négatifs de l'esprit, et comment accéder concrètement à une telle liberté.

Peine, plaisir et souffrance dépendent de leur origine propre. Il importe donc d'identifier les aspects négatifs de l'esprit, qui donnent naissance à la souffrance, et de les surmonter. De la même manière, nous pouvons améliorer les côtés positifs de l'esprit, qui amènent le bonheur.

Exercer l'esprit est une technique ou un procédé par lequel on peut le transformer ou le purifier. Toutes les grandes religions, et le bouddhisme en particulier, disposent de techniques de transformation de l'esprit. Mais là, nous avons une méthode tout à fait unique, mise au point pour maîtriser nos esprits sauvages et leurrés. Ce texte est appelé *Rais de Soleil*, parce qu'il expose une technique permettant de dissiper les ténèbres de l'ignorance. Ces ténèbres se réfèrent à notre conception erronée du soi et à nos attitudes égoïstes, autrement dit les aspects négatifs de l'esprit. Tout comme les rayons du soleil dissipent l'obscurité, cette instruction dissipe les ténèbres de l'ignorance.

Au début de l'ouvrage, l'auteur, Hörton Nam-kha Pel, qui était un disciple de Tsong-khapa, rend hommage à son sublime maître en invoquant sa compassion. Les mots *maître sublime* renvoient aux grandes qualités de Tsong-khapa, lui qui a abandonné tout attachement aux plaisirs temporels du monde et qui a accédé aux plus hautes réalisations.

Dans les vers suivants l'hommage à Tsong-khapa, l'auteur salue le Bouddha, créateur de la technique d'exercice de l'esprit ; le Bouddha de l'avenir, Maitreya, et le bodhisattva de la sagesse, Manjushri. Les maîtres de cette tradition au Tibet, les enseignants kadam, sont également mentionnés. L'auteur rend hommage au Bouddha en commentant ses qualités, par sa description de celui qui, mû par une forte compassion et l'amour des êtres sensibles, a pratiqué les « six perfections » et les « quatre facteurs de mûrissement de l'esprit d'autrui », dans le seul but de les affranchir de la souffrance et de les mener à la libération ainsi qu'à l'éveil plénier.

Réfléchissant à la manière du navigateur qui dirige les passagers d'un bateau vers leur destination, l'auteur note comment le Bouddha aux commandes du vaisseau de l'amour et de l'esprit éveillé, guide les êtres sensibles vers l'éveil. Lui aussi a été autrefois un être ordinaire, comme nous, mais par la force de sa compassion, il s'est exercé sur le sentier et a été capable de transformer son esprit pour accéder à l'éveil plénier. C'est encore la compassion qui a parfait son éveil, et c'est toujours la compassion qui l'a poussé à enseigner aux autres conformément à leurs convictions et intérêts divers.

Voilà pourquoi l'esprit éveillé est la racine de tout bonheur et de la paix de l'univers. À long terme, c'est le fondement permettant d'accéder à l'éveil plénier, mais jour après jour déjà, à mesure que nous sommes capables de développer une attitude altruiste, nous nous sentons plus heureux, et meilleure est l'atmosphère autour de nous. Mais si nos émotions fluctuent au hasard et que nous sommes aisément sujets à la haine ou à la jalousie, dès potron-minet nous ne serons même pas capables d'apprécier notre petit déjeuner, et nos amis nous éviteront. Autrement dit, nos émotions instables ne perturbent pas seulement notre propre état d'esprit, elles troublent également l'esprit des autres. L'on ne saurait blâmer autrui de ces sentiments inconfortables, car ils résultent de notre propre état d'esprit. C'est pourquoi une attitude altruiste confère un solide sens de bonheur et de paix intérieure.

Plus grande est notre sérénité d'esprit, plus paisible est l'ambiance autour de nous. Par ailleurs, crainte et méfiance adviennent d'une attitude égoïste et d'autres états mentaux négatifs. L'attitude égoïste crée crainte et insécurité qui, à leur tour, engendrent la méfiance. Si bien que même pour ceux qui n'ont aucune foi, il est important d'avoir un esprit en paix. Lorsqu'il s'agit des qualités du Bouddha, l'esprit éveillé et la compassion ont toujours la primauté sur les autres.

Chapitre I

DE LA MOTIVATION ET DE L'ASPIRATION

En tant que bouddhiste, quelles que soient nos pratiques du dharma, la prière ou l'enseignement à donner ou à écouter, il nous faut commencer par réciter les vers de prise du refuge et de création de l'esprit d'éveil.

Je prends refuge en le Bouddha, le dharma et la [communauté spirituelle
Jusqu'à accéder à l'éveil.
Par la force de la générosité et d'autres vertus
Puissé-je parvenir à la bouddhéité au bénéfice de tous les [êtres.

Ces vers renferment la quintessence des enseignements du Bouddha, en particulier de ceux du bouddhisme mahāyana, le Grand Véhicule. Les deux premières lignes éclairent le refuge, les deux dernières portent sur la mise en œuvre de l'esprit altruiste d'éveil.

Tous ceux qui prennent refuge ont un sentiment de proximité et de confiance envers les Trois Joyaux – le Bouddha, le dharma (ses enseignements) et le sangha, la communauté spirituelle des moines et des nonnes. Ce facteur décide qui est bouddhiste et qui ne l'est pas. Si vous prenez refuge dans le Triple Joyau, vous êtes bouddhiste ; sinon, vous ne l'êtes pas. On peut prendre refuge à des niveaux divers, selon son propre niveau intellectuel. Mieux vous comprenez la nature des Trois Joyaux, plus vous serez convaincu de leurs qualités singulières. Votre prise de refuge en sera d'autant plus stable et profonde.

La manière de prendre refuge varie. L'une des façons est de nous confier aux Trois Joyaux, en les considérant comme supérieurs et en recherchant leur protection, leur abri et leur soutien. Une autre façon est d'aspirer à devenir un jour un Bouddha en acquérant ses qualités suprêmes de connaissance et de discernement. Ces deux sortes de prise de refuge indiquent des niveaux divers de courage et de détermination. Certains recherchent soutien et protection d'une personne supérieure en temps de danger et de difficultés, ayant besoin de son appui à tout moment. Ceux-ci ne sont pas vraiment capables de faire les choses par eux-mêmes. D'autres cependant sont plus intrépides. Ils peuvent avoir besoin d'une aide pour démarrer, mais ils sont résolus à s'aider eux-mêmes. Ils accomplissent tous les efforts nécessaires afin de réaliser leurs souhaits. Ils sont déterminés à devenir indépendants, si bien qu'ils s'appliquent fermement à réaliser leurs buts et à se débarrasser des problèmes.

Parmi les humains qui prennent refuge, il y a encore ceux qui ne sont pas très vaillants. Ils s'en remettent aux Trois Joyaux, les priant de leur accorder protection et abri. La confiance et la foi en eux-mêmes leur font défaut pour accéder au statut d'un Bouddha. C'est l'attitude de ceux qui recherchent seulement leur propre libération de la souffrance et de la renaissance. Ceux qui visent à la libération de tous les êtres sont bien plus hardis. Eux aussi se confient au Triple Joyau et cherchent en lui protection et refuge, mais leur objectif premier est d'accéder à l'état suprême de la bouddhéité pour eux-mêmes afin de pouvoir mieux servir les autres. Ceux-là sont déterminés à éliminer toutes les empreintes des émotions perturbatrices et à réaliser les qualités impeccables d'un Bouddha. Cette manière de prendre refuge porte loin.

Dans la mesure où il est évident que prendre refuge peut se faire de maintes façons et à des niveaux divers, il est essentiel de réfléchir à la nature du Bouddha, du dharma et du sangha, ainsi qu'à leurs qualités propres tout en récitant la formule consacrée.

Par la force de la générosité et d'autres vertus
Puissé-je parvenir à la bouddhéité au bénéfice de tous les [êtres.

Ces deux lignes expriment l'esprit d'éveil. En cultivant cette aspiration particulière, l'individu vise à atteindre le niveau le plus élevé de l'éveil au profit de tous les êtres sensibles. À partir du moment où il prend refuge, le pratiquant pense tout au long de ses actions : « Je dois m'engager dans ces activités multiples de manière que les êtres sensibles soient libres de toute misère et reposent en une paix complète. »

Les actions justes du pratiquant ne sont pas axées sur l'intérêt personnel. Cette aspiration est la plus belle, la plus courageuse et la plus ample. Par le pouvoir de cette pensée, il sème les graines et pose les fondations de ce qu'il y a de plus merveilleux dans cette vie et dans celles à venir. Ces lignes contiennent l'essence et la racine des enseignements du Bouddha. Quand bien même le verset est très bref, vaste et profonde est sa signification. En récitant ces lignes, il faut orienter toutes nos pratiques du dharma, telles que méditer, donner ou écouter des enseignements, à l'avantage de tous les êtres. Il ne faut pas seulement prêter une attention superficielle aux mots, il convient de réfléchir à ce qu'ils veulent dire.

Chaque fois que l'on accomplit une pratique, on commence par ce verset de prise de refuge et de création de l'esprit d'éveil. D'habitude, on le récite trois fois, bien qu'il n'y ait pas de règle nous empêchant de le répéter plus ou moins. Le but de cette triple répétition est de permettre de réfléchir à la signification durant la récitation. Par cette pratique, on doit être à même de transformer notre attitude, de façonner positivement notre esprit. Pour ce faire, il peut être nécessaire de réciter plusieurs fois le verset. Selon notre humeur, on peut préférer dire les deux lignes de prise de refuge plusieurs fois, puis réciter de même la formule de génération de l'état d'éveil. On peut ainsi se concentrer sur une chose à la fois, rendant la pratique plus efficace. Après avoir scandé ces lignes environ une quinzaine de fois, un changement doit se produire dans le cœur. Parfois, on peut être touché jusqu'aux larmes.

Ce n'est qu'après être engagé dans la pratique correcte du refuge et de la mise en train de l'éveil de l'esprit que l'on peut passer à autre chose, comme la prière ou la récitation de mantras. La force de la pratique dépend de la qualité et de la puissance du refuge et de l'état d'éveil. Sans motivation adéquate, il est douteux que réciter simplement des prières soit une pratique bouddhiste. Ce n'est peut-être pas plus utile que de mettre en marche un enregistrement. Dans ce contexte, il est primordial de développer une motivation positive. L'accent principal de la pratique spirituelle doit être porté sur la création de pensées et d'actions positives et saines.

Quand on prépare un repas, on doit commencer par les principaux ingrédients, comme le riz, la farine et les légumes. Épices et sel viennent plus tard, pour la saveur. De même, lorsque l'objectif majeur de la pratique du dharma a été accompli en créant une attitude mentale positive et saine, les autres pratiques comme la prière, la visualisation et la méditation deviennent également signifiantes.

En principe, toutes les religions visent à aider les humains à devenir meilleurs, plus raffinés et plus créatifs. Tandis que pour certaines croyances, la pratique principale consiste à réciter des mantras et pour d'autres, à faire pénitence, dans le bouddhisme, la pratique capitale est censée être la transformation et l'amélioration de l'esprit. On peut le voir autrement. Comparée aux activités physiques et verbales, l'activité mentale est plus subtile et plus malaisée à contrôler. Les activités du corps et de la parole sont plus évidentes et plus faciles à apprendre ou à pratiquer. Dans ce contexte, la recherche spirituelle impliquant l'esprit est plus délicate et plus difficile à réaliser.

Il est essentiel pour nous de comprendre la signification réelle du bouddhisme. C'est fort bien que l'intérêt pour le bouddhisme croisse, mais il importe bien davantage de savoir ce qu'il est réellement. Sauf à comprendre la valeur et la signification cardinales des enseignements du Bouddha, toute tentative de les préserver, les restaurer ou les diffuser revient à emprunter une voie gauchie. La doctrine et la compréhension du dharma ne sont pas physiques. En conséquence, sauf à être faites avec le juste entendement, la simple construction de monastères ou même la récitation des Écritures ne sauraient être une pratique du dharma. L'essentiel est que la pratique du dharma ait lieu dans l'esprit.

Il serait erroné de penser que simplement changer d'habits, dire des prières ou faire des prosternations couvrent l'entier de la pratique du dharma. Laissez-moi expliquer. Lorsque l'on se prosterne ou que l'on tourne autour du temple, toutes sortes de pensées viennent à l'esprit. Quand vous vous morfondez ou que la journée n'en finit pas, marcher autour d'un sanctuaire peut être très agréable. Si vous trouvez un ami loquace pour vous accompagner, le temps file. Ce peut être une aimable balade, mais à vrai dire, ce n'est pas une pratique du dharma. Parfois même, on est apparemment en train de pratiquer, alors qu'en réalité, on crée du karma négatif. Par exemple, tout en faisant la circumambulation du temple, on peut fort bien songer à tromper tel ou tel, ou encore préparer une revanche contre un rival. On peut très bien se dire : « Voilà comment je l'aurai, voilà ce que je lui dirai et ce que je lui ferai. » Pareillement, vous pouvez être en train de réciter des mantras sacrés pendant que votre esprit se laisse aller à des pensées perfides. Ainsi, ce qui semble être une pratique physique et verbale du dharma peut se révéler trompeuse.

Il est dit que l'objectif principal de la pratique du dharma est de maîtriser l'esprit. Comment le faire ? Songez à ces moments où vous êtes à ce point emporté contre quelqu'un que vous pourriez faire n'importe quoi pour le blesser. Pour être un vrai pratiquant du dharma, il vous est nécessaire d'y penser de façon rationnelle. Il faut réfléchir aux nombreux inconvénients de la colère et aux résultats positifs de la création de la compassion. Vous pouvez également vous dire que la personne qui est l'objet de votre courroux cherche elle aussi, comme vous, le bonheur, et espère se défaire de la souffrance. En pareilles circonstances, comment vous est-il possible de justifier le mal que vous pourriez lui faire ?

Vous pouvez vous dire : « Je me considère comme bouddhiste. Quand je me réveille le matin, je récite les prières de prise du refuge et de génération de l'état d'éveil. Je promets d'œuvrer en faveur de tous les êtres, et voilà que j'en suis à être cruel et déraisonnable. Comment puis-je me dire bouddhiste ? Comment oserais-je faire face aux Bouddhas si je me moque de la voie ? »

En réfléchissant ainsi, on peut complètement casser la rudesse de votre attitude et tous vos sentiments de colère. À leur place, on peut évoquer des pensées aimables et bienveillantes, en songeant combien il est malséant d'être en colère contre quelqu'un qui mérite bienveillance et courtoisie. De la sorte, vous pouvez amener une véritable transformation du cœur. Tel est le dharma dans le vrai sens du terme. Les pensées négatives antérieures peuvent être dissipées et remplacées par des sentiments positifs de compassion envers ladite personne. Il faut prendre note de ce changement spectaculaire. Il s'agit là d'un pas extrêmement significatif. Telle est la pratique du dharma, même si ce n'est pas si simple.

Quand l'esprit est influencé par une puissante pensée de vertu, aucune négativité ne peut opérer dans le même temps. Si vous êtes mû par des pensées bienveillantes et affables, même des actions en apparence négatives peuvent amener des résultats positifs. Par exemple, mentir est un acte habituellement négatif, mais si on l'accomplit rationnellement par compassion afin d'aider quelqu'un, mentir peut être transformé en quelque chose de salutaire.

La pensée altruiste de l'éveil de l'esprit procède de la pratique de compassion et de bienveillance aimante des bodhisattvas. En conséquence, un bodhisattva est autorisé à commettre parfois des actions physiques et verbales négatives. Normalement, pareils méfaits donnent naissance à des résultats défavorables. Cependant, selon la motivation, quelquefois, ces gestes peuvent être neutres, et d'autres fois encore, ils peuvent devenir merveilleusement méritoires. Certaines raisons nous portent à insister sur le fait que le bouddhisme est fondamentalement concerné par l'esprit.

Nos actions physiques et verbales ne jouent qu'un rôle secondaire. C'est pourquoi la qualité ou la pureté de toute pratique spirituelle est déterminée par l'intention et la motivation individuelles.

Chacun est libre de croire en la religion de son choix. Ceux qui s'opposent à la religion le font en toute liberté. Chacun choisit selon son intérêt et son inclination spirituelle. Il n'y a aucun moyen de contraindre qui que ce soit d'embrasser le bouddhisme ou toute autre croyance. Durant sa vie, le Bouddha lui-même n'a pas fait de tous les Indiens des bouddhistes. Dans un monde aux dispositions et aux goûts divers, tous ne sauraient être bouddhistes. Chacun a le droit de croire ou non en la religion, à sa guise.

Pour nous, l'élément crucial est d'avoir choisi de suivre le bouddhisme et d'être prêt à prendre refuge dans le Bouddha. Dans ces conditions, nous sommes tenus de nous conformer à ses paroles. Si nous autres Tibétains n'observions pas les enseignements du Bouddha et que nous demandions aux Chinois de le faire, ce serait simplement absurde. Ils rejettent le bouddhisme ; pourquoi devraient-ils suivre ses enseignements ? S'ils mentent et s'adonnent à des agissements abusifs, que pouvons-nous faire ? S'ils sont en proie à la haine, l'attachement et l'ignorance, ils ne seront pas heureux et ne causeront aux autres que troubles et malheurs. Donc, c'est du devoir des bouddhistes, y compris des Tibétains, de mettre en œuvre les enseignements du Bouddha. Notre pratique doit être telle que les émotions fourvoyantes – hostilité, attachement et ignorance – soient éliminées. Nos esprits doivent être libres de ces illusions, et il nous faut développer à leur place des qualités positives.

En tant que bouddhistes, nous avons des statues ou des peintures du Bouddha sur nos autels domestiques. On va au temple et au monastère pour lui rendre hommage. Ce sont là des expressions de notre respect et de notre foi. Le test véritable néanmoins est de savoir jusqu'à quel point nous sommes habités par les paroles du Bouddha. Il est notre instructeur spirituel, celui qui nous enseigne et nous guide. En conséquence, les actions de notre corps, de notre parole et de notre esprit doivent s'accorder à ses enseignements. Même si nous ne pouvons pleinement les observer, il nous faut faire de notre mieux. Du fond du cœur, il nous faut être fermement résolus à agir selon les principes de sa doctrine. Il nous faut assurer que notre vie quotidienne soit conforme à notre affirmation d'être bouddhiste. Si nous ne pouvons le faire, notre assertion sera superficielle et dépourvue de signification. Si l'on prétend être bouddhiste et que l'on ignore et néglige les paroles du Bouddha, c'est une forme de tromperie. C'est contradictoire et déplorable. Il doit y avoir harmonie entre ce que nous disons et ce que nous faisons.

Quand on commence la pratique du dharma, on récite la prière de prise du refuge et de développement de l'éveil de l'esprit, mais dans le même temps, on doit créer une motivation saine d'inspiration bienveillante et de compassion. Cette pratique-là doit être accomplie aussi bien par l'enseignant que par les étudiants. Lorsque je m'assois sur un trône, je ne suis pas censé penser combien je suis grand. Je ne dois pas non plus me dire que je suis le dalaï-lama et que je peux dire n'importe quoi à ceux qui m'écoutent. Une telle attitude serait malvenue. Je suis un simple moine bouddhiste et un disciple du Bouddha. Il est de ma responsabilité de tenter au mieux d'appliquer ses enseignements. Lorsque je les pratique, je n'essaie pas de lui faire plaisir ou de le flatter. Au fond, mon bonheur et ma souffrance me concernent. Que je sois heureux ou que je souffre dépend entièrement de moi. Ces facteurs fondamentaux me motivent à m'engager dans la pratique du dharma.

Le Bouddha a enseigné de par sa propre expérience ce qui est bénéfique à long terme et ce qui est pernicieux. Pour ma part, je souhaite le bonheur et j'espère éviter la souffrance. C'est une aspiration qui va bien au-delà des mois, des années, et même de toute une vie ; elle couvre des vies sans fin. Afin d'accéder au bonheur et d'être affranchi des souffrances vie après vie, je dois reconnaître que les trois poisons – les émotions aliénantes du désir, de la haine et de l'ignorance – sont mes ennemis. L'ignorance – soit la croyance que les choses existent telles qu'elles paraissent, de façon indépendante et autonome, sans dépendre de causes – est la racine de ces leurres. Pour faire pièce à ces pensées ignorantes et autocentrées, j'ai besoin de générer la bonté aimante, la compassion, l'altruisme et la sagesse qui comprend la vacuité.

Je crois que mon destin repose pleinement entre mes mains. Ce que le Bouddha a enseigné donne tout son sens à ma vie. Ses paroles deviennent plus claires, et ce qu'il a enseigné il y a plus de 2 500 ans demeure plus pertinent que jamais. Et même si je ne puis sonder les profondeurs de tous ses enseignements, je peux inférer son intention dans son explication des deux vérités (l'ultime et la conventionnelle), des Quatre Nobles Vérités (la souffrance, son origine, sa cessation et la voie de la cessation), et ainsi de suite. Lorsque l'on réfléchit à sa philosophie enseignée il y a si longtemps, pour moi, il n'y a rien d'insignifiant. Je tire le plus grand avantage de ces enseignements, et je crois que d'autres à leur tour peuvent profiter de mes paroles. C'est dans cette intention d'aider que je partage mes idées et mon expérience. Lorsque l'on est serviable à l'égard d'autrui, on rend service au dharma.

Aider ne serait-ce qu'une seule personne est déjà appréciable.

Le Bouddha a d'abord développé une pensée altruiste, puis s'est engagé dans l'accumulation de vertu. Il a finalement accédé à l'éveil de la bouddhéité. Il l'a fait purement dans l'intérêt de tous les êtres sensibles. Inspiré par son esprit éveillé, davantage concerné par autrui que par lui-même, le Bouddha a perfectionné son apprentissage de la voie. En conséquence de son altruisme, il a œuvré à l'accomplissement du bien-être des autres. Au fil des âges, il a poursuivi résolument sa quête. Même après avoir accédé à l'éveil, c'est cette cette force d'altruisme qui l'a mené à tourner la roue du dharma. Le leitmotiv sous-jacent du bouddhisme, c'est d'être utile à autrui. Quand on peut aider les autres à générer la vertu en leurs cœurs, les rendre heureux et donner un sens à leur vie, c'est véritablement servir le Bouddha et sa doctrine. Il nous faut être diligent et orienter nos meilleurs efforts en ce sens. C'est, je crois, la manière d'assurer le bien-être d'autrui ainsi que le sien propre.

La coutume traditionnelle pour l'enseignant de se prosterner par trois fois devant le trône avant d'y prendre place est très importante. Son but est d'éviter l'arrogance. Lorsque vous êtes assis sur un trône surélevé et que vous enseignez, les gens vous présentent leurs respects et se prosternent devant vous. En pareilles circonstances, il convient d'être particulièrement attentif, sinon le danger est grand de tomber dans la suffisance. C'est arrivé parfois. Certains moines, très simples au début, se sont retrouvés avec davantage d'étudiants et sont parvenus à un certain statut, si bien qu'ils ont attrapé la grosse tête. On ne saurait les blâmer, c'est le résultat de leurs émotions perturbatrices.

Ces émotions aliénantes sont extrêmement perfides et tenaces. Lorsque quiconque sous leur emprise est installé sur un trône, l'illusion le gouverne. D'être écouté, son orgueil gonfle à mesure qu'il discourt. Ainsi opèrent ces émotions. Leur effet est stupéfiant, elles peuvent conduire un maître à se quereller avec d'autres pour avoir plus d'étudiants. En de tels cas, l'attachement et l'animosité sont à l'œuvre.

Heureusement, il existe une force à même de combattre les émotions fourvoyantes. C'est la sagesse. Celle-ci s'affûte et s'éclaire à l'analyse et à l'examen. Elle est puissante et durable. D'autre part, en dépit de son astuce, l'esprit ignorant ne saurait résister à l'analyse. Soumis à un examen serré, il s'effondre. Ainsi, la compréhension donne la confiance d'affronter les problèmes créés par les émotions aliénantes. Par l'étude et la réflexion, on peut acquérir un bon entendement de la sagesse et des émotions fourvoyantes, comme l'hostilité ou l'attachement produits par l'esprit qui croit qu'elles existent telles qu'elles apparaissent. L'esprit qui conçoit l'existence réelle est extrêmement actif, fort et adroit. Son proche compagnon, l'attitude égoïste, est tout aussi endurci et entêté. Trop longtemps nous avons été complètement sous leur emprise. Il s'est fait passer pour l'ami, l'aide et le protecteur. Maintenant, en étant attentif et judicieux, il nous faut développer la sagesse qui comprend que les choses n'existent pas comme elles apparaissent, qu'elles sont dépourvues de ce type de vérité ; c'est ce que l'on appelle la sagesse de la vacuité. En utilisant cette arme en un effort soutenu, on a une chance de combattre les émotions perturbatrices.

Au cours de notre pratique, il nous faut penser à l'avantage qu'il y a à aimer les autres et aux défauts de l'autolâtrie. À long terme, le souci d'autrui l'emportera, et notre égoïsme apparaîtra peu glorieux. Tout dépend de notre sérieux et de notre diligence. Si nous faisons nos preuves en concentrant tous nos efforts sur la voie juste, il est possible de faire disparaître les émotions aliénantes.

La bouddhéité étant le but ultime de notre pratique, il serait utile de comprendre ce que cela signifie. Le mot tibétain pour *éveil* est composé de deux parties ; la première se réfère à la purification, et la seconde, à l'enrichissement ou complétude. Ce que nous devons d'abord purifier, ce sont les défauts de notre esprit. Ce nettoyage n'implique pas la disparition immédiate de tous les travers, il indique l'acte délibéré d'appliquer des antidotes, puis de les éliminer entièrement.

Les défauts auxquels il est fait allusion sont les sources de la souffrance : le karma, les émotions fourvoyantes, ainsi que leurs empreintes. Ils ne peuvent être éliminés que par l'application des antidotes appropriés. Les empreintes laissées par les émotions aliénantes empêchent les individus d'accéder à l'omniscience. De par sa nature même, la conscience est dotée du potentiel de tout connaître, mais des insuffisances voilent et obstruent l'esprit, lui interdisant cette connaissance. L'esprit s'en débarrasse en développant les contreparties nécessaires. Lorsque la conscience est totalement affranchie de l'obstruction, elle a automatiquement accès à la connaissance, et la personne devient parfaitement éveillée.

L'état d'éveil n'est pas une espèce d'entité physique comme un séjour céleste. C'est une qualité intrinsèque de l'esprit, révélée dans la plénitude de son potentiel positif. Par conséquent, en vue d'y accéder, le pratiquant doit commencer par éliminer les négativités de l'esprit et développer ses qualités positives une à une. C'est l'esprit qui est actif dans l'application des antidotes au cours de la suppression des impulsions négatives et des obscurcissements. Il arrive un moment où émotions aliénantes et aveuglements mentaux ne peuvent plus jamais revenir. De plus, c'est exclusivement l'esprit qui est engagé dans le développement de la sagacité spirituelle et de la connaissance. Aussi modeste que soit l'énergie positive au début, en temps voulu, l'esprit s'accomplit pleinement dans la connaissance et s'éveille à la bouddhéité.

Chacune des religions du monde a ses traits distinctifs et ses adeptes. Au demeurant, elles partagent essentiellement certains buts et objectifs communs. Ainsi, elles ont été source de bienfaits pour des millions de gens au fil des siècles. Nul doute que par une pratique sincère, les fidèles d'une religion atteignent à la paix de l'esprit et deviennent plus disciplinés, plus civilisés et meilleurs. Ils se font du bien à eux-mêmes, et nombre d'entre eux rendent de grands services à l'humanité. Néanmoins, bien des problèmes politiques et sociaux viennent aussi des excès de la religion. D'aucuns se battent contre les croyants d'une foi différente, parfois jusqu'à des guerres totales. Et pourtant, il faut respecter la diversité des religions, car les gens ont des dispositions mentales et inclinations diverses, des goûts et des intérêts différents. Une seule religion ne saurait satisfaire tout le monde. De ce point de vue, la variété est admirable.

Chaque religion est utile à sa manière. Il est vain d'imaginer qu'il ne devrait y avoir qu'une seule croyance pour l'ensemble du monde. Ce n'est pas comme si tous les Indiens avaient embrassé le bouddhisme du temps du Bouddha lui-même. C'est aussi vrai pour d'autres croyances et leurs fondateurs. C'est pourquoi je crois en une harmonie des religions, pratique, applicable, et qui peut apporter des résultats positifs. J'admire les bonnes actions de ceux qui appartiennent à d'autres doctrines. C'est une façon très agréable de se faire des amis. J'ai beaucoup d'amis chrétiens, musulmans et hindous. Dans ce contexte, s'engager dans des disputes philosophiques et des argumentations me semble futile. Quel intérêt de défier les positions théologiques des autres religions ?

Plutôt que de forger rivalités et disputes mutuelles entre religieux, je suggère d'apprendre des autres credos. Les moines bouddhistes tibétains peuvent suivre l'exemple des chrétiens engagés dans les services sociaux. Nombre d'entre eux consacrent leur vie au service des pauvres, des défavorisés et des exclus. Il y a mère Teresa à Calcutta. De nombreux chrétiens soignent des lépreux sans nullement se soucier d'eux-mêmes. Y a-t-il un moine tibétain qui le fasse ? Il y a environ un millier d'années, le grand maître tibétain Drom-ton-pa le faisait, et il y a laissé ses mains. Plus récemment, Te-hor Kyor-pön Rimpoché a lui aussi soigné les lépreux. Plutôt que de s'affronter, il serait plus sage et plus utile d'apprendre les uns des autres. Ainsi, les religieux pourraient jouer un rôle positif en créant paix et harmonie dans notre monde.

Vu que les gens sont différents et leurs inclinations mentales variées, le Bouddha a enseigné des approches philosophiques diverses. L'objectif premier de son enseignement est d'être utile aux êtres sensibles, et de les mener finalement à la paix et à l'éveil. Ce n'est pas une doctrine rigide exigeant de tous ses adhérents qu'ils suivent une seule et même théorie philosophique. Au contraire, le Bouddha a prodigué des explications à divers niveaux, afin de convenir aux degrés divers d'intelligence et d'aptitudes mentales de ses disciples. En conséquence, quatre écoles majeures de pensées sont nées en Inde. Et même en leur sein, nombreux sont les courants.

Il importe de rappeler que tout ce que le Bouddha a enseigné visait à aider les êtres et à les guider sur la voie spirituelle. Ses enseignements philosophiques n'étaient pas pure spéculation abstraite, ils faisaient partie d'un travail au long cours et de techniques pour combattre les émotions perturbatrices. Nos expériences nous révèlent la justesse des antidotes. Le Bouddha a enseigné qu'il convenait de méditer la bienveillance pour contrer la colère et la haine. Prêter attention au côté répugnant d'un objet sert à s'en détacher. Bien des raisons logiques sont là pour témoigner du leurre de l'apparence de l'existence réelle. La conception d'une existence véritable est ignorance, et la sagesse qui réalise la vacuité est son contraire.

De ces enseignements, l'on peut déduire que les émotions aliénantes n'affectent que temporairement l'esprit et qu'elles peuvent être complètement déracinées. Lorsque l'esprit est sans tache, le potentiel de sa nature véritable – clarté et conscience – est pleinement révélé. À mesure que sa compréhension s'enrichit, le pratiquant en vient à apprécier la possibilité d'accéder au nirvana et à la bouddhéité. Merveilleuse est cette révélation quand elle arrive.

Il ne faut pas tenir les paroles du Bouddha pour quelque chose de sacré qui ne saurait être examiné. Au contraire, nous sommes libres de scruter et de vérifier ses enseignements. Le pratiquant est à même de goûter leur saveur en les mettant en œuvre. Résultant de son expérience personnelle, il y gagnera foi et conviction. Je pense qu'il s'agit là de quelque chose de particulier au bouddhisme. Dans d'autres religions, la parole de Dieu ou du créateur est considérée comme absolue.

Deux objectifs majeurs marquent la voie spirituelle dans le contexte bouddhiste : une renaissance supérieure, et ce que l'on appelle le bien suprême, soit la libération des renaissances et l'accès à l'éveil plénier. Il est fascinant d'écouter expliquer les méthodes détaillées d'y parvenir. On ne demande pas au disciple de prier le Bouddha pour atteindre à une renaissance plus élevée. On explique qu'il est possible d'y parvenir par la pratique éthique de l'abandon des actions malfaisantes. Par conséquent, celui qui souhaite une meilleure naissance, telle une naissance humaine, doit les éviter.

Il existe des instructions précises pour renaître prospère et bien de sa personne, et jouir d'une longue vie. Afin d'être riche à l'avenir, il faut pratiquer la générosité dans cette vie. Si vous souhaitez beau physique et personnalité attachante, pratiquez tolérance et patience. En vue de vivre longtemps, instruction est donnée de ne point nuire aux êtres vivants, et de faire son possible afin de les aider. Causes et conséquences sont logiquement liées.

Avec tout le respect dû aux autres religions, je crois que seul le bouddhisme instruit ses disciples à développer foi et conviction fondées sur la logique et le raisonnement. Il n'y a absolument pas la moindre coercition ou obligation de croire. De fait, l'approche rationnelle est hautement respectée. Le Bouddha a dit que l'individu atteint à une naissance supérieure en créant des actions positives et en abandonnant les négatives, telles que tuer, voler, etc., et pas seulement en lui faisant offrande d'un millier de lampes à beurre. Ce n'est pas seulement la foi qui fait naître de merveilleux résultats, c'est de prêter attention aux justes causes.

Voyons un exemple précis. Le Bouddha nous a instruit de pratiquer la patience afin de renaître de belle prestance. C'est l'évidence même : quand quelqu'un est en colère, ses yeux s'exorbitent et son visage se révulse, qu'il soit ou non d'ordinaire agréable. Personne n'aime se trouver à côté de quelqu'un en colère, alors qu'un visage souriant peut facilement attirer, même s'il s'agit d'un étranger.

Les fondements de l'enseignement du Bouddha consistent en l'observance de la loi de la causalité, et la pratique des Quatre Nobles Vérités. En conséquence, ceux qui veulent le bonheur, la prospérité, et finalement la libération, doivent y adhérer. Si nous souhaitons des résultats positifs, il faut être attentif aux causes adéquates. On pourrait simplement l'illustrer ainsi : à supposer qu'on veuille améliorer ses conditions financières, il serait stupide de garder son capital et de le cacher sous sa ceinture. Il ne s'accroîtra point de lui-même, il faut l'investir. Ce qui veut dire qu'il faudra d'abord se séparer de son argent. On peut donc comprendre la logique du Bouddha quand il dit qu'il importe de pratiquer la générosité si l'on veut devenir riche dans d'autres vies. Son enseignement, fruit de sa propre expérience et de sa connaissance, est inestimable et utile pour chacun de nous.

Chapitre II

DES SOURCES ET DES QUALITÉS DE L'INSTRUCTION

C'est merveille que l'enseignement du Bouddha
qui donne signification et bonheur à nos vies.
Tous nous partageons le désir de bonheur
et le refus de souffrir.

Cependant, la façon d'atteindre à ces buts peut très largement différer. Cela dépend pour beaucoup du mode de penser individuel, ce qui à son tour repose sur l'instruction reçue ainsi que sur la base culturelle de chacun. Selon les enseignements du Bouddha, plusieurs voies mènent à la compassion, la patience, la compréhension de la réalité, et ainsi de suite. Ils comportent nombre d'arguments impressionnants qui peuvent nous aider à écarter des états d'esprit négatifs comme l'hostilité et la violence. L'héritage culturel tibétain en a été grandement enrichi. En conséquence, nos gens sont d'humeur paisible. Depuis l'invasion du Tibet par les Chinois, beaucoup de Tibétains sont devenus des réfugiés. À l'évidence, la vie de réfugié est semée d'embûches. J'ai rencontré des réfugiés d'autres coins du monde, et j'ai trouvé leur attitude très différente de celle des Tibétains. Ils sont assaillis de soucis et d'anxiété. Par contraste, des Tibétains m'ont raconté qu'ils ont même été capables d'accomplir leur pratique spirituelle jusque dans les prisons chinoises, et que le temps passé derrière les barreaux leur avait été paisible et fructueux.

Il est primordial pour nous de préserver et de promouvoir l'enseignement du Bouddha qui, en tant que source de paix dans le monde, est bénéfique à tous les êtres. Bien que chaque bouddhiste soit tenu de s'y intéresser, moines et nonnes ordonnés ont une responsabilité particulière. À commencer par moi-même, tous les membres de la communauté religieuse doivent agir en se conformant scrupuleusement à la discipline monastique. Les vœux d'ordination ne sauraient être pris à la légère. Quiconque y songe doit y réfléchir soigneusement et avoir un sens puissant de renonciation. Devenir moine ou nonne ne signifie pas entrer dans une existence facile et de laisser-aller. Au contraire, un candidat à l'ordination doit prendre pour modèle le Bouddha qui a souffert mille peines dans sa quête spirituelle. D'aucuns peuvent avoir l'impression qu'il suffit d'accomplir certains rituels pour acquérir l'acuité spirituelle. À l'évidence, ils ne sont nullement au fait du sacrifice et des efforts que cela implique.

Dans le bouddhisme, c'est la qualité et non la quantité qui compte. Le dharma ne saurait être préservé ni propagé par la force. Un nombre plus ou moins grand de moines et de nonnes n'y change pas grand-chose. En revanche, si les gens ordonnés se comportent mal ou mènent une vie dissipée, cela fait du tort au dharma. C'est pourquoi j'insiste sur la qualité plutôt que sur la quantité. Certains ne sont pas d'accord, mais j'ai de bonnes raisons d'y insister. La valeur authentique du dharma peut être révélée par dix bons pratiquants. Un seul adepte hautement qualifié peut à lui tout seul faire briller les vertus du bouddhisme.

Il est tout à fait méritoire de se faire ordonner, à condition que ce soit de façon appropriée et avec une motivation juste. Avant de se décider à entrer dans les ordres, il convient d'examiner et de confirmer son intention. Il faut être conscient des bienfaits et des objectifs visés. Le changement doit commencer par la transformation mentale. Un simple changement physique ne suffit pas à atteindre pleinement le but. Le manquement à l'engagement de transformation mentale et l'inconduite sont de mauvais exemples qui mènent au déclin de la foi chez les gens. C'est dire qu'en parlant de qualité, je me réfère à une compréhension adéquate du dharma et à la mise en pratique de ses enseignements dans la vie de tous les jours.

Il existe actuellement au Tibet une liberté religieuse très relative. Il est plus ou moins permis de devenir moine ou nonne, et de reconstruire certains des monastères détruits par les Chinois. Des Tibétains qui se sont récemment rendus au Tibet m'ont dit que moines et nonnes là-bas n'avaient pas l'éducation religieuse requise et ne faisaient qu'accomplir des rites. D'autres ont eu l'impression que moines et nonnes au Tibet étaient véritablement tournés vers la religion et se consacraient à la pratique spirituelle. Rebâtir le dharma sacré du Bouddha doit être fait avec le plus grand soin et l'attention la plus précise.

Le texte dont je donne lecture, *Rais de Soleil,* débute par ces vers :

Surgissant de la source d'amour et de compassion.
La nef de l'esprit d'éveil est bien lancée.
Au-dessus ondoient les grands-voiles des six perfections et
[des quatre voies d'appel des disciples
Poussées par le vent de l'effort enthousiaste jamais lassé.
Elle porte parfaitement les êtres incarnés à travers l'océan de
[l'existence cyclique
Les amenant à bon port sur l'île enchantée de l'omniscience.
Je me prosterne, la tête aux pieds des chefs du lignage
[spirituel :

Le Dompteur, notre navigateur suprême, le Tout-Puissant
[Bouddha] ;
Maitreya et [ses disciples] Asanga, Vasubhandu et
[Vidyakokila ;
Manjushri et [ses disciples] Nāgārjuna et le sage suprême
[Shantidēva ;
Le Maître de l'île d'Or [de Sumatra] et [son disciple] le noble
[Atīśa,
ainsi que [son disciple tibétain] Drom-ton-pa et ses trois frères en spiritualité [Po-to-wa, Phu-chung-wa et
[Chen-nga-wa].

En ces lignes, hommage est rendu d'abord au Bouddha Śākyamuni en tant que navigateur suprême, qui a exposé la voie parfaite fondée sur sa propre expérience de l'éveil de l'esprit et des six perfections (générosité, discipline, patience, effort, concentration et sagesse). La lignée des grandes activités altruistes est passée de Maitreya à Asanga et Vasubhandu, puis à leurs disciples. La lignée de sagacité profonde est passée par Manjushri à Nāgārjuna, puis à Shantidēva. Le grand maître indien Atīśa s'est trouvé à la croisée de ces deux traditions, et ce qui est connu comme le lignage des bénédictions de la pratique est passé de lui à Drom-ton-pa et aux adeptes ultérieurs de la tradition kadampa, les pratiquants tibétains des XIIe et XIIIe siècles disciples d'Atīśa, renommés pour la p'ureté de leur pratique sans prétention. L'auteur les respecte tous profondément.

Je me prosterne aux pieds de la grande émanation de
[Manjushri, Tsong-khapa,
le deuxième conquérant de ces temps dégénérés,
Qui a exposé les voies spirituelles individuelles de ces grands
[pionniers
avec extrême lucidité et cohérence.

L'auteur était un disciple direct du grand Tsong-khapa et il lui rend un hommage spécial en rappelant quelques-unes de ses éminentes qualités. Tsong-khapa est révéré comme grand parmi les grands érudits vénérables du Tibet. Il avait une connaissance approfondie autant des sūtras que des tantras. La collection de ses écrits témoigne de son érudition, il a rédigé au total dix-huit volumes. Pour écrire ses propres traités, il a étudié minutieusement nombre de textes classiques indiens et mené des recherches exhaustives pour en déterminer l'intention. En étudiant ses ouvrages, on apprécie réellement sa savante perspicacité et sa précision. Il se distingue tout spécialement en abordant les sujets les plus ardus et les plus pointus de la philosophie, ce qui était rare parmi les grands érudits au Tibet. Bu-tön, un savant illustre de la génération précédente, a beaucoup écrit – en fait, plus que Tsong-khapa, mais sans se pencher avec autant de minutie sur divers aspects philosophiques. C'est pourquoi il existe un adage parmi les lettrés d'Amdo, au nord-est du Tibet, qui dit : « Si tu as besoin de références, consulte Bu-tön ; mais pour des doutes philosophiques, consulte Tsong-khapa. »

En étudiant les ouvrages d'auteurs divers, on finit par avoir une idée de leur personnalité. Certains vont jusque dans les moindres détails, mais ne sont pas très clairs ni précis dès qu'il s'agit de positions théoriques. D'autres sont plus concis et plus directs à propos des théories et des principes philosophiques. Les auteurs se révèlent dans leurs écrits. C'est comme un visage humain : même si chacun a le même nombre de traits saillants sur une petite surface du visage – deux yeux, un nez et ainsi de suite –, il n'y a pas deux visages identiques. Il y a autant de visages que de gens.

Suprêmes parmi ses merveilleux enseignements
sont les moyens d'activer l'esprit d'éveil.
J'exposerai son parfait enseignement avec une fidélité [absolue.
Que ceux qui ont la chance de suivre la voie du Grand [Véhicule prêtent
une attention soutenue afin de l'apprécier pleinement.

Il existe une belle tradition selon laquelle les écrivains commencent leur ouvrage en affirmant leur engagement de composer. Cela sert d'encouragement à mener la tâche à bien. Notre auteur déclare ici qu'il va composer son texte d'après les instructions de son maître. Tsong-khapa n'a rien écrit de particulier concernant les enseignements d'exercice de l'esprit. Son disciple, Nam-kha-Pel, a rédigé ce texte pour compléter ceux de son maître.

La formation de l'esprit est considérée comme une transmission murmurée de bouche à oreille, car cet enseignement est passé oralement d'enseignant à étudiant. D'abord, il fait un historique de la tradition, puis aborde la signification du texte proprement dit. Afin de démontrer la grandeur de cette instruction, l'historique cite *Exercer l'esprit en sept points,* le poème de Guéshé Che-ka-wa expliqué dans le présent ouvrage :

L'essence du nectar de l'instruction secrète est transmise du [maître de Sumatra.

Les exposés considérables faits par le Bouddha Śākyamuni, le recueil de 84 000 enseignements, visent à nous défaire de notre attitude erronée, à écarter l'idée fausse du soi et à nous exercer l'esprit au profit d'autrui. Ils tendent à nous débarrasser des 84 000 émotions perturbatrices, ainsi que de la naissance, de la maladie, de la vieillesse, de la mort, et d'autres souffrances qu'elles engendrent. Ces instructions sont qualifiées de nectar. Le terme sanscrit signifie « ce qui garantit l'immortalité ». Un bon médecin qui sait administrer à bon escient pareil nectar peut soulager un patient de la maladie et même de la mort. Pareillement, en suivant ces instructions, on peut se libérer de problèmes comme la mort, la vieillesse, etc.

La pratique d'éveil de l'esprit est exactement cet élixir. À s'exercer dans la tradition de ceux qui recherchent la libération personnelle, on parvient sûrement à s'affranchir de la mort, de la vieillesse, de la naissance, de la maladie et même du cycle de l'existence. Mais ce n'est qu'en générant l'éveil de l'esprit, complété par d'autres pratiques, que l'on est en mesure d'accéder à la bouddhéité. C'est pourquoi entraîner l'esprit, ce qui est un moyen d'activer l'éveil, est en fait la pratique essentielle. Cette instruction est appelée l'essence du nectar, car en la suivant, il est possible d'accéder à l'immortalité, qui est la véritable libération. Deux méthodes sont expliquées dans les enseignements du Bouddha : l'une qui mène à la libération personnelle, et l'autre à l'état pleinement éveillé de Bouddha. Toutes ces traditions étaient détenues par le grand maître de Sumatra, Serlingpa. Atīśa (982-1054) fut tout spécialement formé à l'éveil de l'esprit par Serlingpa.

Le grand maître indien Atīśa a eu d'innombrables disciples en Inde, au Cachemire, au Népal et au Tibet, mais Drom-ton-pa (1005-1064) fut parmi eux le plus grand. Il fut le véritable détenteur du lignage d'Atīśa. C'était un pratiquant accompli, dont même le commun des mortels percevait qu'il avait accédé à la clarté de l'esprit. C'est à sa bonté et à son labeur inlassable que la tradition kadampa doit d'être née au Tibet. À son tour, Drom-ton-pa eut nombre de disciples remarquables, mais trois d'entre eux se sont particulièrement distingués : Po-to-wa, Chen-nga-wa et Phu-chung-wa, appelés « les trois frères kadampas ». Le plus grand d'entre eux fut le maître spirituel Po-to-wa (1031-1106), héritier du lignage d'apprentissage de l'éveil de l'esprit. Po-to-wa réussit brillamment dans le développement de la doctrine bouddhiste et se concentra principalement sur la pratique approfondie des six textes cardinaux des kadampas.

La pratique fondamentale de Po-to-wa était de générer l'esprit d'éveil. Il eut plus de deux mille disciples de toutes les régions du Tibet, déterminés à accéder à la libération. Deux d'entre eux, originaires du Tibet central, ont été comparés au soleil et à la lune, le grand Lang-ri Thang-pa Dorje Seng-ge (1054-1123), et Sha-ra-wa Yön-den Drak (1070-1141). Sha-ra-wa était en possession de l'instruction complète et a transmis son lignage a plus de deux mille huit cents moines. De ses quatre principaux disciples responsables de la transmission de la lignée, Che-ka-wa avait la charge des enseignements de maîtrise de l'esprit et de création de l'éveil spirituel.

Che-ka-wa écouta une fois *Les Huit versets pour accorder l'esprit*, dits par Lang-ri Thang-pa, ce qui aiguisa fortement sa curiosité. Il se rendit à Lhassa en quête d'autres enseignements sur le sujet. Certains de ses sages amis l'avisèrent que, dans la mesure où un maître spirituel de la tradition du Grand Véhicule doit être digne d'estime, il devrait s'adresser au grand Sha-ra-wa ou Ja-yul-wa. Suivant ce conseil, il rendit visite à Sha-ra-wa qui résidait à la Maison de Sho à Lhassa. Lorsque Che-ka-wa arriva, Sha-ra-wa était en train d'exposer un enseignement sur les niveaux des aspirants à la libération. De prime abord, Che-ka-wa ne fut guère impressionné, car ce n'était pas ce qu'il cherchait. La pratique d'exercice de l'esprit par échange avec autrui afin de développer l'altruisme ne fut même pas mentionnée. Après quoi, désorienté, il commença même à se demander si ladite pratique existait encore et si le maître en possédait le lignage.

Le lendemain, tandis que les moines faisaient leur tournée d'aumônes, Che-ka-wa trouva le grand maître en train de tourner autour d'un stupa. Aussitôt, il déroula une natte et le pria respectueusement de s'asseoir, en lui disant : « Je souhaiterais discuter avec vous de certaines choses qui me sont peu claires. »

Sha-ra-wa répondit : « Vous êtes vous-même un grand maître, comment des choses pourraient-elles encore vous être peu claires ? J'ai tout expliqué très clairement lorsque j'étais sur le trône de religion. »

Sha-ra-wa récita alors *Les Huit versets pour accorder l'esprit* et dit : « En raison de mon esprit indompté, ces pratiques me sont utiles en particulier lorsqu'il m'arrive de me sentir harcelé ou de ne pas trouver un lieu où m'arrêter. En les accomplissant au bénéfice de tous et en m'attribuant tout échec, je les trouve fort utiles. Il m'arrive quelquefois qu'il me soit extrêmement difficile de les mettre en pratique. Aussi, je serais curieux de savoir si cette technique est appropriée et peut réellement mener à la bouddhéité ? »

Alors, tout en égrenant son rosaire, Guéshé Sha-ra-wa dit : « Il ne saurait y avoir le moindre doute sur l'utilité de cette pratique. Bien entendu, qu'elle vous convienne ou non est une tout autre histoire. Si vous ne désirez pas la bouddhéité, c'est une chose, mais si vous souhaitez réellement accéder à l'éveil, cette pratique de maîtrise de l'esprit est essentielle. »

Autrement dit, la véritable réponse était la suivante : « Que cela vous plaise ou non, si vous désirez réellement la bouddhéité, l'exercice de l'esprit est la seule et unique voie. » Che-ka-wa songea que si sa réponse était si nette, Sha-ra-wa devait en avoir une grande expérience personnelle. Aussi interrogea-t-il : « Puisque ces instructions concernant la formation de l'esprit sont un enseignement authentique, il doit y avoir des références à son propos dans les textes. Pourriez-vous m'en indiquer la source ? »

Sha-ra-wa répondit : « Qui donc n'y verrait point là un dérivé de l'ouvrage du glorieux Nāgārjuna ? La source authentique de cet enseignement se trouve dans sa *Précieuse Guirlande,* où il est dit : « Puissent leurs actions perverses mûrir pour moi. Que toutes mes vertus mûrissent pour les autres. »

Che-ka-wa enchaîna : « J'aime cet enseignement. Soyez bon de me le donner. »

Sha-ra-wa avertit : « La pratique de cette instruction requiert un effort constant durant une longue période de temps, mais si vous êtes prêt à l'accomplir, vous pouvez recueillir ces enseignements auprès de moi. »

Che-ka-wa s'enquit alors : « Si cette pratique est impérative pour accéder à la bouddhéité, pourquoi ne l'avoir aucunement mentionnée ? »

Et Sha-ra-wa de répondre : « À quoi bon dispenser un enseignement de si haute valeur si nul ne veut réellement le pratiquer ? »

Je crois qu'il nous faut prêter davantage attention à ne pas prodiguer le dharma à tort et à travers et à respecter cette ancienne tradition. Dans le passé, les maîtres n'enseignaient pas n'importe qui venait les trouver, ni ne donnaient n'importe quel enseignement demandé. Ils cherchaient à s'assurer que les instructions adéquates soient données aux disciples appropriés. Ainsi, seuls ceux des adeptes véritablement assidus et spirituellement motivés s'engageaient dans le dharma et leur pratique s'avérait extrêmement fructueuse.

L'enseignement du tantra était sévèrement restreint, et seuls les plus aptes et les plus dévoués y avaient accès. Ces derniers temps, ces restrictions ont été allégées et même le tantra est devenu un sujet d'enseignements publics populaires.

Après s'être prosterné par trois fois, Che-ka-wa s'en retourna où il logeait et, ouvrant un exemplaire de la *Précieuse Guirlande* de Nāgārjuna, il trouva la citation mentionnée par Sha-ra-wa. Puis, abandonnant toute pensée négative, il passa plus de deux ans en un lieu dit Sho, pratiquant tous les enseignements concernant l'entraînement spirituel. Ensuite, il passa six ans en un lieu dit Gye-gong, et quatre autres à Sharwa. Che-ka-wa passa en tout quatorze ans à développer l'éveil de l'esprit sous la direction de son maître. Il parvint à la parfaite réalisation de la clarté de l'esprit en mettant l'accent sur l'échange entre soi et les autres. Plus tard, il devait dire : « Tous les sacrifices accomplis et les difficultés subies ont maintenant porté leur fruit. »

Pour des êtres de cette envergure, la connaissance spirituelle ne se confinait pas à la simple compréhension intellectuelle. Ce qui les préoccupait le plus, c'était la réalisation spirituelle. Ni l'enseignant ni l'étudiant ne se trouvait sous pression comme c'est communément le cas aujourd'hui. Par conséquent, ils suivaient ce que nous pourrions appeler une méthode expérimentale. Durant ce processus, les étudiants progressaient en fonction de leur expérience de ce qui leur avait déjà été enseigné. Un texte n'était pas dispensé d'une traite d'un bout à l'autre, mais graduellement, par paliers. La partie suivante n'était enseignée qu'une fois gagnées assurance et expérience dans la précédente.

L'école kagyu enseigne toujours et encore le mahamudra, le Grand Sceau, de cette manière. Le dzogchen, la Grande Plénitude, est également exposé de la sorte. Mais en général, aujourd'hui, tout le monde est si pressé qu'il est devenu commun d'enseigner l'ensemble des étapes de la voie de l'éveil en un bref laps de temps. La méthode n'est pas très efficace en elle-même, et les étudiants ne lui prêtent pas autant attention et respect. Ils ne font qu'écouter l'enseignement comme n'importe quelle histoire.

Entre tous les traités indiens classiques, le *Guide du mode de vie des bodhisattvas* est le plus autorisé dès lors qu'il s'agit d'enseigner l'apprentissage de l'esprit concernant l'équanimité et l'échange de soi avec autrui. Notre auteur a pris ce texte comme assise et inspiration de son propre ouvrage. En énonçant « Je présenterai l'instruction selon la tradition de Tsong-khapa », il conclut sa citation des sources et des grandes qualités de cette instruction. Le texte dit :

Vous devez comprendre la signification de cette instruction.
comme si c'était un diamant, le soleil et un arbre de [médecine.
Alors, ce temps des cinq dégénérescences sera transformé en un sentier vers l'état d'éveil plénier.

Tout comme un diamant précieux écarte la pauvreté et assure l'accomplissement de tous vos désirs, ne serait-ce qu'un fragment de diamant est considéré comme un bel ornement, surpassant tous les plus beaux bijoux d'or. Pareillement, même si vous ne mettez en œuvre qu'une partie de la pratique de création de l'état d'éveil, par exemple celle de compassion et de tolérance, elle n'en brillera pas moins plus fort que toutes les autres. Pratiquer ne serait-ce qu'un seul de ces facteurs produira en chacun son effet. Un bodhisattva, soit celui qui s'est fait le champion de la clarté d'esprit, peut fort bien ne pas être activement engagé dans la pratique de la sagesse et de la réalisation de la vacuité, mais en vertu de sa réalisation de l'éveil de l'esprit, cette personne éclipsera ceux qui sont embarqués uniquement dans la libération individuelle et gardera le nom de bodhisattva. Elle ou lui sera à même d'œuvrer au bien-être des autres êtres. Même si vous ne faites que nourrir l'aspiration à la clarté d'esprit sans être en mesure de la concrétiser directement, cela surpassera toujours les autres pratiques, comme celles des êtres en quête uniquement de leur propre libération. Ainsi, vous serez capable d'écarter la pauvreté du cycle de l'existence.

L'esprit éveillé est aussi comparé au soleil, car lorsque le soleil se lève, non seulement les ténèbres ne peuvent l'assombrir, mais il suffit d'un seul de ses rayons pour dissiper l'obscurité. C'est-à-dire qu'en étant à même d'acquérir ne serait-ce qu'une réalisation partielle en écoutant cette instruction, vous pourrez supprimer l'attitude égocentrique induite par l'idée erronée du soi.

Il importe d'analyser si votre attitude égocentrique s'enracine dans ce malentendu. Généralement, plus forte est l'idée fausse du soi, plus tenace est notre autolâtrie. Pour des gens ordinaires comme nous, ces deux attitudes sont quasiment inséparables et se renforcent l'une l'autre. Certains ont éliminé l'ignorance, l'idée fausse du soi, sans être aussi braves que les bodhisattvas qui œuvrent au bien-être d'autrui. Quand bien même la réalisation de la vacuité a dissipé leur ignorance, elle ne leur permet pas de dissoudre leur égocentrisme en raison de leur manque de courage et de volonté de sacrifice pour le bien d'autrui. À l'inverse, les bodhisattvas n'ayant pas encore réalisé la vacuité peuvent réduire l'emprise d'une attitude égoïste car, de par la force de leur clarté d'esprit, ils ont développé la vaillance de se sacrifier eux-mêmes au bien-être des autres.

Lorsque le Bouddha Śākyamuni est apparu dans ce monde, déjà on parlait de temps de dégénérescence. Maintenant, c'est pis encore. Les êtres sont en proie aux émotions aliénantes et continûment engagés dans des activités négatives. Ils n'aiment voir l'excellence qu'en eux-mêmes et quand ils voient la réussite d'un autre, ils sont jaloux et leurs cœurs sont malheureux. Ils ont tendance à nuire à autrui physiquement, verbalement et mentalement. En des moments pareils, même les puissants gardiens du bouddhisme, les protecteurs du dharma, ces êtres célestes omnipotents voués à la protection des enseignements du Bouddha, ne peuvent être d'aucune aide : ils s'en vont vers d'autres royaumes. Pendant ce temps, les esprits négatifs se multiplient et se renforcent. Nous nous heurtons alors à maintes expériences pénibles, en particulier ceux d'entre nous qui professent s'être engagés dans les enseignements du Bouddha, mais n'en continuent pas moins de s'adonner à des activités négatives. En des temps aussi abâtardis, à moins de s'engager dans une pratique comme la maîtrise de l'esprit pour le transformer réellement, il n'y a pas d'autre voie en vue de poursuivre l'application de la doctrine.

Ces enseignements sont une formidable source d'inspiration. Les instructions sur la manière de transformer des circonstances adverses en favorables sont uniques et puissantes. Le bonheur humain est d'abord et avant tout déterminé par notre mode de penser. Nous autres Tibétains, par exemple, nous avons perdu notre pays et sommes devenus des réfugiés. Les destructions, les tortures et les humiliations endurées sous le régime chinois sont indicibles. En ce qui me concerne personnellement, j'ai passé le plus clair de ma vie en exil. En raison de mon lien karmique avec le peuple tibétain, ils ont profondément foi en moi, et de mon côté, je m'efforce de les aider. Il n'empêche que la situation actuelle est fort malheureuse, je ne puis aider directement mon peuple.

Au début de notre exil, les seules choses qui nous étaient familières, c'était la terre et le ciel. Nous avions d'énormes problèmes : des difficultés financières aiguës, pas assez de gens éduqués à la façon moderne. Et comme si cela ne suffisait point, nous étions en conflit avec la République populaire de Chine – une bien grande puissance. C'est pourquoi il m'arrive de plaisanter en disant que si le dalaï-lama n'avait pas le dharma pour le soutenir, il prendrait depuis longtemps des somnifères. Mais je m'en tire fort bien sans. Quand bien même la réalisation spirituelle me fait défaut, une modeste compréhension des enseignements conforte grandement quand les temps sont durs. Aussi longtemps que vous croyez en l'existence en soi et que vous êtes sous l'emprise de l'autolâtrie, vous ne connaîtrez ni paix ni bonheur, a enseigné le Bouddha. Ses enseignements fondamentaux aident à se détendre quand les choses vont mal et à faire face lorsque vous affrontez des temps difficiles. L'oppression et la persécution dont les Tibétains ont pâti et qu'ils continuent de subir sous le régime chinois est l'une des plus grandes tragédies humaines. Mais se borner à être négatif dans ces conditions n'est guère constructif, et perdre courage n'aide en rien à résoudre nos problèmes. Donc, à la lumière des enseignements du Bouddha, il nous faut développer le courage.

Le Bouddha a enseigné que tous les êtres vivants nous ont témoigné leur bienveillance dans l'une ou l'autre de nos vies. Nos ennemis eux-mêmes nous ont fourni la meilleure occasion de nous exercer à la patience. À réfléchir à ces augustes instructions, d'une certaine manière, nous devrions être redevables aux Chinois. Si nous vivions toujours sous l'ancien système, je doute fort que le dalaï-lama ait pu connaître de si près les réalités du monde. J'avais coutume de vivre dans un environnement très protégé, mais maintenant que nous sommes en exil, il n'y a rien de déshonorant à affronter la réalité. Chez nous, on pouvait prétendre que tout était en ordre parce que tout était dissimulé sous une chape de pompe et de faste. Il me fallait m'asseoir sur un trône élevé en prenant la pose du dalaï-lama. Certains de nos vieux fonctionnaires se souviennent encore qu'à Lhassa, d'aucuns parmi les officiels du gouvernement étaient davantage préoccupés d'étiquette élaborée et de leurs riches vêtements que du bien-être de la nation. Ils croyaient pouvoir s'offrir le luxe d'affirmer que tout allait pour le mieux quand bien même le désastre se profilait à l'horizon. J'aurais même pu devenir obtus d'esprit, mais en raison des menaces et des humiliations chinoises, je suis devenu quelqu'un de vrai. Ce qui s'est passé au Tibet peut donc aussi être considéré comme une bénédiction à rebours.

Autre effet positif, notre contact avec le monde extérieur : sans l'invasion chinoise, peut-être serions-nous encore engoncés dans notre vieux système. L'ancien Tibet était très conservateur et il n'y avait guère de place pour de nouveaux développements et des réformes. Le monde en mutation rapide a eu quelque influence. Aujourd'hui, notre religion et notre culture sont reconnues comme partie intégrante du précieux patrimoine de l'humanité. Les Tibétains se sont faits connaître dans le monde et y ont gagné une petite place.

Moi-même, j'ai de bons contacts avec nombre de personnes d'autres croyances. Par l'échange d'idées, je me suis fait pas mal d'amis à travers le monde. Ces contacts sont un réconfort moral, si bien qu'on ne se sent plus aussi seuls. Après l'octroi du prix Nobel, on a dit de moi que je suis un promoteur ou un champion de la paix mondiale. Parfois, c'est embarrassant, car je n'ai rien fait pour la paix du monde. J'essaie de générer la compassion et de méditer l'équanimité, ainsi que l'échange de soi avec autrui. Ces pratiques visent à mon développement spirituel. Réfléchir et méditer la non-violence font également partie de ma pratique spirituelle. Alors, qu'ai-je bien pu faire pour la paix du monde ? J'ai reçu le titre de noble lauréat et de l'argent sans avoir rien fait pour.

Une chose est certaine, c'est que ces enseignements sur la maîtrise de l'esprit m'ont été grandement bénéfiques. Lorsque je rencontre diverses personnes et que j'échange des idées avec elles, je les comprends nettement mieux. En cultivant un grand cœur et une attitude altruiste, l'inspiration croît et aide à se détendre, à dégager les perspectives en temps de désespoir. C'est à cette lumière qu'il faut considérer les instructions concernant l'exercice de l'esprit. Celle de transformer l'adversité en situation favorable est exceptionnellement précieuse.

En cet âge de déclin, les êtres ne peuvent supporter leurs propres souffrances et se réjouissent des malheurs de leurs ennemis. Pourtant, mettre en œuvre l'instruction de métamorphoser l'adversité en conditions favorables en vue d'accéder à l'éveil sera toujours très puissant et efficace. Dans le monde moderne, le développement matériel est considérable et la réalisation intellectuelle est de taille. L'anxiété, elle, n'en demeure pas moins. Dans l'ensemble, confrontés à des circonstances adverses, on perd son sang-froid, le pouvoir de jugement faillit et l'on déprime, on se décourage. Pour un pratiquant de la maîtrise de l'esprit cependant, elles fournissent des conditions favorables, tout comme un poison peut être converti en un remède utile. Lorsque les circonstances mêmes qui d'ordinaire induisent des émotions perturbatrices peuvent être transmutées en conditions favorables, c'est une merveille. Celui qui y parvient est qualifié de personne de grande intelligence et de grande capacité.

Sans me réclamer d'aucune réalisation élevée dans la pratique de la maîtrise de l'esprit, mon admiration est sincère et ma foi profonde en ces instructions. Si bien qu'en entendant des choses dites contre moi, ou confronté à des circonstances adverses, j'essaie de les appliquer. Rien n'affectera un pratiquant capable de retourner l'adversité. Que cette personne voyage ou pas, qu'elle mange ou fasse n'importe quoi d'autre, elle sera toujours consciente d'œuvrer pour autrui. En son for intérieur, elle reste calme, dénuée d'anxiété. Le corps devient alors corps de joie, car aucune circonstance extérieure ne saurait troubler sa présence d'esprit. Son corps même peut être considéré comme zone sans désaccord, car pour elle, nul conflit intérieur et nulle circonstance extérieure n'est en mesure de la perturber.

Au demeurant, les circonstances adverses peuvent servir de stimulant au progrès de la pratique. Ce qui est enseigné ici, c'est une méthode pour desserrer l'emprise de l'égocentrisme et accroître le désir d'assurer le bien-être des autres. Dans notre monde lui-même, on constate que la bienveillance ou l'attitude altruiste sont les causes premières en vue d'assurer la paix, tandis que l'attitude égoïste perverse est source de conflit et de malheur. Quoi qu'il en soit de la question de la vie après la mort, dans la vie présente, les instructions de maîtrise de l'esprit sont d'un avantage primordial. Il va de soi que l'attitude altruiste doit être étayée par la sagesse. Cette union de la sagesse et de la compassion est primordiale. L'altruisme n'est guère puissant par lui-même. L'attitude altruiste, qui est le but de cette instruction, est consolidée par la sagesse, et c'est réellement quelque chose de merveilleux.

Chapitre III

DE LA SESSION DE MÉDITATION

Il nous faut acquérir la compréhension du dharma et la mettre en pratique pour une raison très simple : chacun veut le bonheur et éviter la souffrance.

Bonheur et misère résultent d'abord et surtout de notre manière de penser. Bien entendu, facteurs extérieurs et ressources matérielles jouent également un rôle. Cependant, parce que l'esprit est la source du bonheur et de la souffrance, les enseignements bouddhistes comprennent une vaste panoplie de moyens et de méthodes de transformation de l'esprit. Si nous exerçons nos esprits à la vertu et à la pensée positive, notre comportement s'en ressentira automatiquement, devenant plus agréable et plus sain. Au demeurant, certains parmi nous savent d'expérience que forger une attitude mentale saine n'est pas simple. C'est comme pousser un rocher en haut d'une colline, ou une voiture en panne d'essence. Par ailleurs, ce qui est négatif naît spontanément et aisément, comme l'eau qui dévale la montagne. Autrement dit, il est clair qu'il faut faire un effort délibéré pour cultiver des pensées positives et éviter les négatives.

C'est dans ce contexte que le Bouddha a enseigné les Quatre Nobles Vérités. Ce sont la vérité de la souffrance, la cause vraie de la souffrance, la vraie cessation de la souffrance et la voie vraie vers la cessation.

Comme nous n'aimons pas la douleur, il convient d'y réfléchir, ainsi qu'à ce qui lui donne naissance. Sauf à disposer d'une possibilité de guérir complètement et de se libérer tant de la souffrance que de ses causes, y réfléchir serait comme un casse-tête, ne faisant qu'ajouter à nos problèmes. C'est pourquoi il est également capital de savoir qu'il existe une voie réelle et que la cessation est véritable. Il ne s'agit pas de simples et arides spéculations philosophiques. Ce sont des sujets en rapport direct avec la vie quotidienne.

Accéder au bonheur et surmonter le malheur est un but comme un autre dans la vie. Pour avoir du succès, il faut rassembler ses éléments et écarter les obstacles. Quand on veut grimper sur l'échelle sociale, obtenir gloire et richesse, il faut s'appliquer à en créer les conditions nécessaires. Pour devenir riche, il faut avoir de l'instruction, ce qui dépend à son tour de la richesse matérielle. La santé de l'esprit découle de la santé physique, et vice versa. Comme je l'ai déjà dit, l'esprit a la primauté sur le corps, le comportement humain est donc déterminé par l'esprit. Lorsque ce dernier n'est pas convenablement discipliné ou contrôlé, toutes sortes de problèmes surgissent.

La pensée abusée et négative est la cause première de la souffrance. En générant animosité et colère, on se crée à soi-même un malaise et l'on perturbe fortement autrui. En conséquence, le Bouddha nous a enseigné à déraciner les pensées négatives et à créer pensées et actions positives. Autrement dit, des pensées et des actions saines, rationnelles et bénéfiques. Quand les communistes chinois parlent d'endoctrinement politique, ils se réfèrent à un conditionnement de l'esprit humain. Malheureusement, ils se fondent sur la notion d'écraser les autres et de s'emparer de la victoire. Leur idée de lutte des classes en est un bon exemple.

Par contraste, le Bouddha nous a conseillé d'aider les autres chaque fois que nous le pouvons, et au moins de ne pas leur nuire. Ce qu'il faut faire, c'est songer aux défauts des pensées et actions négatives. Dans le même temps, il faut reconnaître les avantages et la valeur des actions et des pensées saines. Il est utile d'employer divers moyens et méthodes en vue de déterminer les désavantages de l'illusion et les avantages d'un esprit tonique. Une fois convaincu, on est concerné par la création de pensées et d'actions avisées.

Simultanément, on développe en soi une urgence intérieure d'écarter pensées et actions négatives.

L'essence des enseignements bouddhistes peut se résumer au principe de l'interdépendance couplé à l'attitude de non-violence. Ce sont là des points cardinaux à retenir. Il n'est pas de phénomène fonctionnel qui existe de manière indépendante ou de par lui-même. Tous les phénomènes dépendent d'autres facteurs. Les choses sont interdépendantes. Par exemple, la paix d'une nation dépend de l'attitude des pays voisins et de la sécurité générale dans le monde. Le bonheur d'une famille dépend de ses voisins et de la société dans son ensemble. Les bouddhistes croient en la théorie des origines dépendantes, pas en un créateur tout puissant ou en la production sans cause aucune.

Lorsqu'on oublie les principes éthiques de base et que l'on agit de façon égoïste, des conséquences déplaisantes s'ensuivent. Si vous pensez que vos voisins n'ont rien à voir avec votre bonheur, vous les traitez de haut. Vous en malmenez certains, en intimidez ou injuriez d'autres. Dans ces conditions, pouvez-vous vous attendre à une ambiance de paix et d'harmonie ? Bien entendu que non. En entretenant de mauvaises pensées, telles l'hostilité ou la haine, il n'y a point de place pour la joie dans votre cœur et vous êtes une nuisance pour autrui.En revanche, si vous développez bienveillance, patience et compréhension, toute l'atmosphère change. Notre texte, *Exercer l'esprit en sept points,* dit :

D'abord, exercez-vous aux préliminaires.

Il y a quatre pratiques préliminaires : penser à la rareté et au potentiel d'une vie en tant qu'être humain libre et né coiffé ; réfléchir à la mort et à l'impermanence ; penser à l'action et à ses résultats ; et réfléchir aux inconvénients du cycle de l'existence. En songeant à la rareté et au potentiel de la vie humaine, on surmonte l'obsession des plaisirs éphémères de l'existence. En réfléchissant à la mort et à l'impermanence, on surmonte l'attrait de renaissances favorables dans d'autres vies.

Diverses activités sont à accomplir pendant et après la session proprement dite de méditation. Durant la méditation, on s'efforce normalement de se concentrer le plus possible. Après la méditation, laisser l'esprit débridé et distrait, c'est nuire à nos progrès, et c'est pourquoi certaines pratiques sont recommandées après la session.

La méditation peut être divisée en un début, la session elle-même et la conclusion. Traditionnellement, six pratiques préparatoires sont accomplies avant de commencer. D'abord, nettoyer le lieu où l'on médite. On le fait non seulement pour de simples raisons ordinaires, mais aussi pour induire l'effet psychologique d'une clarté d'esprit accrue. Comme le disait Po-to-wa, « une fois que le méditant a atteint un niveau avancé, chacune de ses actions devient un stimulant pour sa pratique ». Ainsi, quand on récure l'endroit choisi, c'est une manière de se rappeler que, en fait, c'est l'esprit qu'il faut nettoyer.

Puis, on peut disposer comme il convient des représentations du corps, de la parole et de l'esprit du Bouddha. L'attitude à l'égard d'une statue ne doit pas tenir compte de ce dont elle est faite. Il ne faut pas être possessif à son endroit. Les adeptes de la tradition kadam n'ont besoin que de quatre images : statues ou peintures du Bouddha ; d'Avalokiteśvara, personnification de la compassion ; de Tāra, qui incarne les activités du Bouddha ; et d'Achala, la divinité qui écarte les obstacles.

Il n'est pas nécessaire d'avoir toutes sortes d'effigies différentes, mais il est bon d'avoir des représentations du bodhisattva de la bienveillance aimante et du Bouddha à venir, Maitreya. Si vous avez des statues des déités liées à votre pratique, c'est bien. Sinon, ce n'est pas important, car il ne faut pas accorder trop d'attention aux choses extérieures. L'accent doit être porté davantage sur le développement intérieur. Si vous avez plein de belles statues dans votre coin de méditation, cela peut effectivement impressionner, mais si vous restez toujours la même personne emportée, intrigante et tordue, il y a contradiction. En tant que disciples du Bouddha, il nous faut suivre ce qu'il a enseigné. Il nous a instruit de combattre l'ennemi des émotions fourvoyantes en nous-même et de réduire des attitudes nuisibles comme la colère. Se faire passer pour l'un de ses disciples et faire exactement le contraire de ce qu'il a conseillé, c'est comme insulter le Bouddha lui-même.

Voir ces images au réveil le matin développe une forte détermination à suivre l'exemple du Bouddha. Prenez-les comme pense-bête afin d'appliquer ses instructions. Le soir, regrettez toute action négative commise par inadvertance durant la journée, et fortifiez votre résolution de ne point le refaire. Décidez de vous amender dès le lendemain. Tel est le rapport adéquat et bénéfique aux images religieuses.

Il serait bon d'avoir également un texte sur la maîtrise de l'esprit pour représenter la parole du Bouddha. Si vous avez un stūpa pour figurer l'esprit, c'est bien ; sinon, peu importe. Les méditants d'autrefois, tel Milarepa, ne manquaient de rien de ce qu'ils avaient réellement besoin pour leur pratique ; pourtant, les lieux où ils ont médité ne sont que des grottes vides. Des gens comme nous dépendent beaucoup plus de choses extérieures, comme des statues, de l'encens, des lampes à beurre, et ainsi de suite. Mais si ces choses-là n'ont aucun effet sur l'esprit, alors elles ne servent pas à grand-chose.

Une fois, un voleur est entré dans la grotte de Milarepa, et Mila-vêtu-de-coton de l'apostropher : « Comment veux-tu dénicher de nuit ce que moi-même je ne trouve pas de jour ? » De fait, Milarepa était un très grand méditant, qui de par ses efforts a été en mesure d'accéder à l'éveil plénier en l'espace d'une seule vie. Par association d'idées, les humains, les Occidentaux en particulier, souffrent en général d'une espèce de myopie et s'attendent à des résultats rapides. Peut-être sont-ils accoutumés à ce que les choses aillent très vite parce qu'ils ont tant de gadgets automatiques. Il faut pourtant être prêt à des efforts et des sacrifices durant une longue période de temps. Notre effort et notre intérêt ne sauraient être une obsession passagère, ils doivent être persistants et fermes. Sans être préparé à l'effort et au sacrifice, il sera difficile d'obtenir ce que nous recherchons. Néanmoins, par l'exercice de l'esprit, on arrive à un point où les résultats sont visibles. C'est peut-être difficile, mais ce n'est pas impossible, tant et si bien qu'il ne faut pas perdre courage.

Je crois au pragmatisme. Je ne suis pas impressionné uniquement par le passé. Je suis quelqu'un qui veut des résultats pratiques ici et maintenant, si bien que je m'évertue à faire tous les efforts possibles dans ma pratique. Quand je compare mon état d'esprit d'aujourd'hui à celui d'il y a dix ou quinze ans, je constate qu'une transformation a eu lieu. Il y a vingt ans, j'avais coutume de méditer la vacuité. J'étais très impressionné par la théorie de la vacuité et cela m'inspirait réellement de chercher la cessation de la souffrance. Je pensais qu'après y être arrivé, je serai capable de demeurer longtemps, longtemps dans la sérénité. Je pensais qu'œuvrer au bien-être d'autrui, d'un nombre infini d'être sensibles, c'était très idéaliste. Plus tard, j'ai étudié *Le Guide du mode de vie du bodhisattva* et *La Précieuse Guirlande*, et cela a modifié ma vision des choses. Bien que j'admire toujours et encore l'idée de la cessation, aujourd'hui, j'apprécie et j'aspire davantage à la compassion et à la tolérance qui viennent avec la clarté de l'esprit. L'union de la compassion et de la vacuité est quelque chose de tout à fait unique, dont vous pouvez faire l'expérience intérieure pourvu que vous en fassiez l'effort.

Parfois, je demande à des Occidentaux devenus bouddhistes ce que cela leur a pratiquement apporté. Quelques-uns m'ont dit avoir observé un changement. Après être devenus bouddhistes, il y a eu moins de bagarres dans leur famille. Les gens sont plus tolérants et moins agressifs. C'est là l'un des bienfaits directs de changer sa manière de voir, cela crée une ambiance familiale plus paisible, qui affecte à son tour la mentalité des enfants. Par ailleurs, si des enfants sont élevés dans une communauté très violente, surtout quand les parents sont toujours en train de se disputer, cela les conditionne de façon très négative. C'est ainsi que les enseignements du Bouddha sont utiles et efficaces. Sans un changement initial dans l'esprit, comment accéder d'un coup à l'éveil ? L'éveil vient par un processus graduel, pas à pas. Il faut aspirer à la réalisation ultime tout en travaillant de façon pratique. Je puis assurer en toute certitude que, en entreprenant la pratique, on peut amener une transformation de l'esprit.

Après avoir disposé les représentations du corps, de la parole et de l'esprit du Bouddha, vous pouvez ordonner des offrandes, soit de nourriture, d'eau claire, de fleurs ou de lumière. Il est dit que si votre attitude est juste, jamais vous ne serez à court d'éléments pour faire des offrandes. Il convient donc d'offrir ce qu'il y a de meilleur. Au Tibet, il était coutumier de faire des offrandes festives (appelées *tsok*), et comme vous les mangiez vous-même plus tard, elles étaient extrêmement bien présentées. En revanche, comme on ne mange pas les gâteaux d'offrande rituelle, on ne les confectionne pas avec autant de soin. Ainsi, quand on parle d'offrande de fête, on pense à quelque chose de délicieux à savourer, alors qu'en parlant de gâteaux rituels, on songe à quelque chose de bon à jeter. C'est faux. Lorsque l'on fait des offrandes, il faut les préparer le mieux possible. Sinon, on peut s'en dispenser. On ne saurait se procurer les éléments d'une offrande par des moyens détournés.

Une fois faits tous ces arrangements et après vous être lavé les mains, vous vous asseyez sur un coussin légèrement surélevé à l'arrière. Quand le coussin est un peu plus haut derrière, cela fait un dos bien droit, ce qui améliore la concentration. Ceux pour qui il est malaisé d'être assis jambes croisées peuvent s'asseoir sur une chaise, comme Maitreya, dont on dit qu'il apparaîtra comme le Bouddha de l'avenir et qui est représenté assis sur un trône semblable à une chaise.

Méditer signifie créer une familiarité continue avec un objet de vertu, de façon à transformer l'esprit. Uniquement comprendre tel ou tel point ne transforme pas l'esprit. On peut très bien percevoir intellectuellement les avantages d'un esprit altruiste d'éveil, sans que cela affecte réellement l'attitude égoïste. Seule une familiarité constante avec cette compréhension est à même de dissiper l'égocentrisme. C'est ce que veut dire méditer.

La méditation peut être de deux sortes. L'analytique utilise l'analyse et la réflexion, tandis que dans la méditation unipointée, l'esprit repose sur ce qui a été compris. En méditant la compassion et l'amour, on cherche à cultiver cette attitude dans l'esprit en pensant : « Que tous les êtres sensibles soient libres de souffrance. » D'autre part, quand on médite l'impermanence ou la vacuité, on les prend pour sujets de méditation.

Dans l'exercice de l'esprit, on a besoin de pratiques préliminaires comme la méditation de la mort et de l'impermanence pour nous pousser à accomplir la pratique principale. En méditant dela sorte, commencez par l'analyse du sujet. Une fois parvenu à une certaine conclusion, gardez-la à l'esprit et concentrez-vous un moment sur elle. Si vous remarquez que votre concentrationdécline, recommencez l'analyse. Vous pouvez ainsi reprendre le même canevas plusieurs fois, jusqu'à percevoir un effet dans votre esprit. Modifiez alors le schéma des motifs employés, selon les indications de textes comme *Le Guide du mode de vie du bodhisattva, La Précieuse Guirlande,* etc. C'est comme essayer divers remèdes. Certains peuvent être pour vous plus efficaces que d'autres. Si vous vous en tenez obstinément à une seule sorte de méditation, cela peut ne pas être très utile. Il faut faire beaucoup d'efforts. C'est pourquoi il est nécessaire d'étudier. Méditer sans étude préalable, c'est comme essayer de gravir un rocher en étant dépourvu de mains.

Maintenant que nous avons obtenu une vie humaine libre et précieuse, nous avons la possibilité de pratiquer le dharma. Bien que contraints de consacrer un certain temps et de l'énergie aux affaires courantes, il importe également de nous préparer à la vie future. Autrement, on gaspille les occasions de l'existence humaine. Si l'on s'embarque pour la prochaine vie sans la moindre amélioration de nous-même, on est à peu près certain de renaître dans un royaume plus dur. Le cas échéant, nous n'aurons virtuellement aucune chance de nous engager dans la pratique du dharma, pourtant essentielle si l'on veut accéder à l'éveil plénier. Des divers enseignements du Bouddha, les plus importants et les plus insignes sont ceux du Grand Véhicule. Leur essence est l'instruction de cultiver l'esprit d'éveil. C'est la quintessence des paroles du Bouddha.

Installez-vous sur le siège de méditation que vous avez préparé. Une fois encore, le plus important, c'est de cultiver l'attitude juste. Songez que naître humain, libre et favorisé, c'est très rare. Demandez-vous quel est le but d'avoir repris naissance en tant qu'être humain. Nous ne sommes pas nés humains en ce monde pour créer davantage de problèmes et de confusion. Si cela était, l'existence humaine ne vaudrait rien. En vertu de quoi, l'attitude juste à adopter est de penser que vous allez accéder au plein éveil d'un Bouddha sur le fondement de votre précieuse vie humaine. Dites-vous que, quand bien même vous ne sauriez combler tous les besoins des autres, au moins vous ne ferez rien qui puisse leur nuire. Il est très important de rafraîchir cette sorte de motivation dès le début de la journée, de manière que dès le réveil, votre intention ne soit pas influencée par des émotions aliénantes comme la haine, la colère ou le désir. Dès le départ, vous devez avoir une attitude droite. Et c'est dans cet état d'esprit que vous nettoyez le lieu, arrangez les représentations des objets du refuge, les offrandes, et ainsi de suite.

Avant d'entamer la pratique elle-même, le plus important est de cultiver l'attitude juste. La motivation devrait toujours s'en tenir à deux thèmes : prendre refuge dans le Triple Joyau – le Bouddha, son enseignement et la communauté spirituelle –, et l'éveil de l'esprit. Si votre pratique n'est pas complétée par une prise de refuge dans les Trois Joyaux, elle ne sera pas bouddhiste. Sans être sous l'influence de l'esprit d'éveil, ce ne sera pas une pratique du Grand Véhicule, ou une cause d'accès à l'éveil plénier d'un Bouddha.

Dans la pratique de prise de refuge, il n'est pas nécessaire d'en visualiser les objets. Vous pouvez réfléchir à leur bienveillance infinie et à leurs grandes qualités, puis imaginer prendre refuge en eux. Si vous souhaitez les visualiser, vous pouvez le faire selon des traditions diverses. Le plus important, c'est que votre pratique soit correctement fondée. Ses raisons vont de la crainte des souffrances dans le cycle de l'existence à la ferme conviction que les Trois Joyaux sont à même de vous en protéger, en passant par un solide sens de compassion à l'égard des êtres sensibles.

Afin de cultiver l'attitude juste, il importe de reconnaître la signification du dharma. Dharma veut dire cessation de la souffrance et les sentiers qui y conduisent. Fortifiez la ferme conviction qu'il est le vrai refuge en mesure de vous protéger, vous et tous les êtres sensibles, des affres du cycle de l'existence. Une compréhension puissante de ce qu'est le dharma fera naître en vous une conviction solide. Tel est le refuge véritable, et vous développerez ainsi une aspiration résolue à y atteindre.

Ayant ajusté votre attitude mentale, récitez la formule du refuge autant de fois que vous le pouvez. Si vous faites une visualisation, vous pouvez songer à un nectar purificateur descendant des objets du refuge. Il entre en vous et dans tous les êtres sensibles, vous purifiant des négativités et vous plaçant tous sous la protection du Triple Joyau.

Puis, quand vous en êtes à induire l'éveil de l'esprit, visualisez tous les êtres sensibles autour de vous. Ils apparaissent sous forme humaine, mais continuent de subir les souffrances des divers royaumes où ils sont nés. Songez-y et cultivez de forts sentiments d'amour, en souhaitant que tous finissent par posséder tous les bonheurs. Les êtres sensibles sont égaux dans le désir de trouver le bonheur et d'éviter la souffrance. Comme vous-même, ils ont le droit de rechercher le bonheur. On cultive l'éveil de l'esprit en l'admettant et en décidant d'œuvrer à leur bien-être. Pour stimuler et encourager le pouvoir de l'esprit éveillé, méditez ce que l'on appelle les quatre incommensurables : l'amour incommensurable, l'incommensurable équanimité, l'incommensurable compassion et la joie incommensurable. Puis réfléchissez que tout en désirant le bonheur et éviter de souffrir, dans leur comportement, les êtres sensibles vont à l'encontre de leur souhait par ignorance.

Ainsi donc, conscient des grandes qualités du Bouddha et de l'aptitude du Triple Joyau à nous protéger des angoisses du cycle de l'existence, prenez refuge en eux et cultivez la ferme détermination d'accéder à l'éveil plénier d'un Bouddha à l'avantage de tous les êtres sensibles. Elle vous aidera à accroître le pouvoir de votre esprit éveillé.

Pour le réaliser, nous avons besoin d'une vaste accumulation de mérite. À cet égard, le maître spirituel est de première importance. Il convient de songer à lui comme à la porte par laquelle vous recevez les bénédictions du Bouddha. Lier la pratique du refuge tout en cultivant l'éveil de l'esprit intégré au maître spirituel la rendra très puissante. Il existe au Tibet nombre de traditions diverses à ce propos. Dans la tradition kagyu tout particulièrement, cette foi et cet intérêt sont regardés comme le fondement de la voie, tandis que dans la tradition geloug, la pratique de l'intégration au maître spirituel est considérée comme le principe même de vie de la voie.

Quelle que soit la pratique choisie, récitez la prière à sept branches : soit présenter ses respects, déposer des offrandes, reconnaître ouvertement ses fautes, se réjouir de ses qualités et de celles d'autrui, demander aux bouddhas d'enseigner, les priant de ne pas trépasser, et consacrer le mérite qui en découle au bien-être de tous les êtres. Offrez un mandala représentant l'univers entier. Puis commencez à réfléchir aux étapes de la voie à l'éveil en utilisant à la fois analyse et concentration.

Chercher un maître qualifié est le premier pas important dans votre vie spirituelle. C'est ce qui déterminera votre futur développement et vos réalisations dans ce domaine. Cependant, avant d'accepter quiconque comme maître spirituel, il faut l'examiner soigneusement. En tibétain, on dit généralement : « N'agissez pas comme un chien qui trouve un bout de viande. » Le chien n'a pas le temps de penser, il se précipite sur la viande et se met à la dévorer. Il faut d'abord observer la personne, examiner ses états de service, tester ses connaissances en la matière, etc.

D'ordinaire, les gens aiment bien les lamas aux titres ronflants, dont l'influence est grande. Mais cela ne fait pas nécessairement un bon enseignant du dharma. Un bon maître du dharma est notre guide sur la voie spirituelle, et donc, en tant que tel, il doit mettre en pratique ce qu'il prêche. Une bonne gouverne ne saurait provenir que de sa propre expérience, et non pas d'une simple compréhension intellectuelle. C'est pourquoi la recherche d'un maître qualifié est considérée comme la base, ou le fondement, de la pratique du dharma.

Dans l'ensemble, les Tibétains tendent à avoir une foi aveugle en quiconque porte le titre de lama. D'autre part, ils prêtent peu attention à ceux qui ont accédé à de hautes réalisations par une pratique constante et en surmontant les difficultés, mais qui ne portent pas cette étiquette. C'est une mauvaise habitude. La personne que vous prenez pour maître spirituel doit être qualifiée. Il ou elle doit être au moins aimable et avoir maîtrisé son propre esprit, car l'objectif cardinal quand on prend un maître spirituel, c'est de dompter l'esprit. Autrement dit, le maître spirituel se doit d'être lui-même parvenu à des réalisations par une pratique continue.

Chacun sait que pour obtenir les résultats attendus, il est essentiel de réunir les facteurs propices et d'éliminer les obstacles. On dresse des plans à l'avance, qu'il s'agisse de sciences, de technologie, d'économie, ou d'autre chose. En suivant les étapes prévues, on est à peu près certain d'aboutir au dénouement escompté. Dès lors que le but ultime de la pratique du dharma est d'accéder à l'éveil, il nous faut être extrêmement attentif en planifiant notre action et en la concrétisant. D'où l'importance de trouver un maître spirituel qualifié qui nous convienne.

Attendu que le maître spirituel joue un rôle cardinal dans notre quête de la réalisation, le Bouddha a minutieusement défini ses qualifications. Pour résumer, voici les essentielles : la personne doit être authentique dans sa pratique et riche en connaissance du dharma. Par conséquent, il est capital d'examiner un maître spirituel potentiel avant d'établir avec lui ou elle une relation de maître à disciple. Il est tout à fait bien d'écouter ses enseignements, car ce contact procure une expérience de première main de sa capacité d'enseigner. Afin d'évaluer sa pratique personnelle, on peut examiner sa façon de vivre. On peut également en apprendre davantage à son propos auprès de ceux qui le ou la connaissent. Il est aussi utile de voir la personne dans des contextes différents. Quand vous vous sentez sûr, alors, vous pouvez chercher à adopter ladite personne comme maître spirituel.

Une fois choisi votre maître spirituel, il est essentiel de cultiver un sens adéquat de foi et de respect, et de s'en tenir à ses instructions. Il importe de préciser clairement que cela n'implique pas une foi aveugle. Au contraire, l'approche doit être avisée au mieux. Dans les sūtras, le Bouddha explique qu'un disciple doit se conformer aux instructions vertueuses du maître spirituel, mais se détourner des injonctions pernicieuses. Les textes sur la discipline vont dans le même sens, énonçant qu'il ne faut rien accepter des suggestions d'un maître qui ne soit en accord avec le dharma. Le critère primordial pour décider si l'instruction est acceptable ou non, c'est de voir si elle est conforme ou non aux principes bouddhistes fondamentaux. Quand elle l'est, il faut respectueusement obéir : l'enseignement produira sûrement des résultats positifs. Lorsque l'avis d'un maître contredit les principes bouddhistes, il convient d'hésiter et de chercher des éclaircissements. Par exemple, si une personne ordonnée était enjointe de boire de l'alcool, ce serait contraire à ses vœux. À moins que l'enseignant ne fournisse une explication spéciale, il serait sage d'ignorer son conseil.

En bref, le maître spirituel doit être versé dans les trois apprentissages : en éthique, en méditation et en sagesse. Ce qui, à son tour, requiert une intelligence des trois séries de discours, impliquant qu'il ou elle a connaissance des Écritures. Le maître spirituel doit être quelqu'un qui puisse répondre directement à vos questions, dissiper vos doutes, et dont l'apparence extérieure et le comportement indiquent ou s'accordent à la réalisation intérieure. Un vieil adage prétend que les rayures du tigre sont visibles, mais pas celles de l'homme ; pourtant, on peut quand même déduire à quoi ressemble autrui à la manière dont il nous apparaît.

Ayant trouvé un maître spirituel et nourri foi en lui, il est important d'éviter une rupture de la relation. Dès lors, quels rapports entretenir avec un tel être ? On peut réfléchir de la sorte : « Étant donné que les Bouddhas sont activement engagés à œuvrer au bien-être des êtres sensibles et que nous sommes parmi ceux en quête de libération, il doit y avoir un moyen de recevoir leur inspiration et leur bénédiction. C'est le rôle du maître spirituel, car c'est lui qui met en marche la transformation de nos esprits. »

Ce qui nous empêche de cultiver pareille foi, c'est de voir des défauts du maître spirituel. Afin d'y remédier, il faut songer que notre perception n'est pas toujours valable. Nos esprits sont ennuagés d'ignorance et de notre si longue association à ses habitudes, leurrés par la forte influence de nos propres actions karmiques. Jusqu'à ce que nous soyons capables de dissiper ces nuages, nous ne saurions percevoir la nature réelle du maître spirituel en tant que Bouddha. Les Bouddhas ne nous sont pas accessibles en tant que tels. C'est seulement quand ils apparaissent sous les traits de personnes communes, comme nous, que leurs activités et leurs bénédictions ont une signification pour nous. Assumer des formes ordinaires ne veut pas dire seulement qu'ils ne déploient pas tous les signes majeurs et mineurs d'un Bouddha, mais qu'ils ont aussi des faiblesses humaines. Revêtir ces formes témoigne d'une grande bienveillance et d'une manière de considération, car c'est uniquement de cette façon qu'ils nous deviennent visibles et accessibles.

Si vous êtes à même par ces réflexions de dépasser cette tendance à déceler des travers chez votre maître spirituel, vous avez fait un grand progrès. Viennent ensuite le développement et la croissance naturelle de la foi spontanée dans le maître, qui sert de fondation à la progression sur la voie. Sans avoir surmonté cette propension à projeter des fautes sur le maître spirituel, on ne saurait parvenir à le ou la reconnaître en tant que Bouddha. Cela ne veut pas dire suivre aveuglément tout ce qu'il vous dit de faire. Si quelque chose est au-delà de vos capacités, vous n'avez pas à le faire. De même, si le maître spirituel vous donne un conseil contraire au comportement bouddhiste courant, vous pouvez lui expliquer pourquoi vous ne sauriez vous y plier. Mieux vaut procéder de la sorte plutôt que de cultiver l'incompréhension. En exerçant l'esprit en ce sens, il est possible d'accroître la foi en son maître et de développer un sentiment spontané à son égard.

Il est dit que nourrir la foi dans le maître spirituel est comme le soleil qui se lève sur la voie de l'éveil. Il convient ensuite de cultiver un profond respect en réfléchissant à sa grande bienveillance. Qu'il ou elle nous guide sur le sentier menant à l'éveil est sa qualité la plus inestimable. À lire les récits des vies passées du Bouddha, on constate qu'il a dû traverser d'énormes difficultés pour obtenir ne serait-ce qu'un verset d'enseignement. Pareil pour le grand maître indien Naropa, qui a vaincu mille obstacles pour acquérir les instructions de Tilopa, ou encore la relation entre Milarepa et Marpa. Tous ces récits concernant ces grands personnages indiquent que la pratique du dharma n'est point aisée. Elle exige un effort long et soutenu. Les maîtres spirituels qui partagent leur savoir avec nous avec sollicitude et compassion assument une grande responsabilité. En réfléchissant de la sorte, vous serez à même de percevoir en quoi le maître spirituel est la pierre de touche des plus hautes réalisations. C'est pourquoi accomplir des pratiques de purification et d'accumulation de mérite liées à lui est toujours très puissant.

Aux royaumes des dieux, il y a plusieurs niveaux, comme la Terre de Joie. Elle est née de la grande puissance d'aspiration et des mérites de Maitreya, si bien que vous pouvez le visualiser là-bas. Il est dit qu'à leur trépas, Atīśa et Tsong-khapa s'en sont allés à la Terre de Joie de Maitreya. Nous qui pratiquons le bouddhisme aujourd'hui, nous avons un lien particulier avec ce royaume. Capables d'emprunter le sentier et de suivre les enseignements du Bouddha Śākyamuni, nous avons des chances d'accéder à l'éveil durant l'ère du prochain Bouddha, Maitreya. Vous pouvez méditer à propos de votre maître spirituel comme il ou elle vous apparaît normalement. Visualisez-le ou la dans l'espace devant vous, à hauteur du front. Alternativement, vous pouvez le ou la visualiser sous les traits de Tsong-khapa, par exemple, comme le cœur de Maitreya. Imaginez que vous l'invitez de la Terre de Joie, et qu'il ou elle descend dans l'espace devant vous. Adressez d'abord vos prières et votre requête de réalisation au maître spirituel. Puis visualisez-le ou la assis au sommet de votre tête, et entamez la méditation que vous vous prépariez à accomplir.

Afin de réfléchir à la valeur de la vie en tant qu'être humain, il est nécessaire de songer aux autres lieux où nous aurions pu renaître du fait de notre karma. On sait que les actions karmiques laissent une empreinte sur le courant de l'esprit ou la continuité de la conscience. Nous accomplissons des actions diverses par rapport à des objets extérieurs, et nous en accumulons d'autres en entrant en profonde concentration méditative. Parfois, des actions comme celles-ci entraînent une nouvelle naissance comme divinité. Même aujourd'hui, je connais des personnes qui, sans professer la pratique du dharma, ont connu des expériences par lesquelles elles sont parvenues à un certain niveau d'absorption mentale. Ce qui montre que les êtres humains ont des aptitudes diverses ; d'aucuns sont plus liés aux objets extérieurs, d'autres sont davantage tournés vers le dedans, plus enclins aux réalisations intérieures et aux états d'absorption de l'esprit. Tout comme il y a nombre d'aspects divers de la conscience, il y a différents types d'existence.

Lorsque l'esprit est inapprivoisé, on peut le comparer au royaume animal. Son niveau, quand on fait l'expérience de la souffrance la plus intense, peut être assimilé à l'enfer. Et pourtant, l'esprit peut être façonné. L'éveil plénier est son degré culminant de maîtrise. Il est difficile de prouver l'existence de ces différents royaumes tels qu'ils sont expliqués dans les textes, car ils tendent à contredire les faits observés. Au demeurant, le Bouddha a dit lui-même que si quelque chose contredisait l'expérience et la logique, il fallait l'abandonner.

Il est difficile de prouver les affirmations des Écritures que les royaumes infernaux existent à une certaine profondeur sous le continent indien. Mais l'on peut à coup sûr dire que parmi les êtres humains, il y a toutes sortes de mentalités différentes. Certains sont torturés par l'anxiété et d'intenses souffrances. Les animaux eux-mêmes expérimentent des types variés d'existence. Il y a aussi certaines forces mystérieuses, que nous attribuons à des esprits. Dans les divers royaumes d'existence, tels ceux des dieux, des humains et des animaux, les formes les plus élevées et les mieux loties se trouvent parmi les dieux et les hommes.

Réfléchissez à la grande rareté et au potentiel de la vie humaine. Appliquez les mêmes méthodes en méditant le thème suivant, la mort et l'impermanence. Faites de ferventes requêtes au maître spirituel afin d'être capable d'accéder à la réalisation par la méditation et de surmonter les obstacles rencontrés sur la voie. Telle est la procédure à suivre pour toutes les méditations liées à cette pratique. À la fin de vos méditations, le maître spirituel que vous avez visualisé devant vous se glisse par le sommet de votre tête pour venir reposer dans votre cœur. Développez la ferme conviction que vous avez reçu l'inspiration du corps, de la parole et de l'esprit de votre maître. Le texte mentionne le lotus à huit pétales du cœur, mais il ne s'agit pas du cœur physique qui pompe le sang. Quand on dit de quelqu'un de courageux qu'il est un cœur vaillant, on ne se refère pas à une quelconque qualité de son cœur réel. Ici, le lotus à huit pétales du cœur signifie un esprit sensible et chaleureux. Il faut visualiser le maître spirituel assis dans ce que nous appelons le canal central.

Dans notre corps, il y a des canaux dont certains sont visibles et d'autres si subtils qu'on ne saurait les voir. Divers textes expliquent qu'en accomplissant certaines techniques tantriques comprenant la visualisation des canaux et en se concentrant réellement sur les points vitaux du corps, cela produit un effet physique. Ce qui indique que le canal ou le point vital est bien là, quand bien même il n'est pas visible au sens physique. On peut visualiser ce que l'on appelle la goutte indestructible dans la roue du cœur. Lorsque le maître spirituel se dissout au-dessus de votre tête, il vous faut le ou la visualiser en train de se fondre dans cette goutte indestructible. Imaginez qu'il ou elle devient inséparable de votre propre esprit, et que vous recevez son inspiration.

En fait, le mot tibétain pour inspiration signifie « pouvoir de transformation », impliquant que les vertus de l'objet métamorphosent la nature de votre esprit. Quand on recherche une bénédiction, au sens bouddhiste, on recherche une transformation de l'esprit. Si bien que, ayant été à même d'opérer cette transmutation, on aura effectivement reçu la bénédiction du maître spirituel, dans le vrai sens du terme. Sinon, ce sera juste comme l'histoire du hibou à tête plate. Quand on lui demandait pourquoi il avait la tête plate, il répondait que c'était pour avoir constamment reçu des bénédictions de son maître spirituel dans une autre vie.

Quelle qu'ait été sa durée, à la fin de la session de méditation, il importe de se réjouir de ce qui a été fait. Ensuite, dédiez le potentiel positif que vous avez engrangé en faveur de l'éveil de tous les êtres. Se réjouir de ce qui a été accompli est très important, car cela accroît la force de vos mérites. Songez que tout le potentiel positif accumulé durant votre méditation ne vise pas votre avantage personnel, mais qu'il est uniquement destiné au bien-être d'autrui. C'est ainsi que l'on consacre son mérite à l'accession à l'éveil dans l'intérêt de tous les êtres. De plus, renforcez votre pratique en évoquant votre compréhension de la vacuité. Pensez que toutes les expériences et tous les phénomènes dépendent de causes. Attendu qu'ils sont dénués de nature indépendante, consacrer vos mérites et prier en aspirant à l'éveil rendront toute expérience bénéfique. Consolider votre pratique par un rappel de votre entendement de la vacuité scellera ce que avez accompli durant la session.

Il ne faut pas être comme un acteur qui endosse un costume pour la représentation et l'ôte dès la fin. Nombre d'entre nous sont ainsi. Bien que l'on prenne très au sérieux la pratique pendant la méditation, quand c'est fini, on redevient la même personne négative. On recommence à faire n'importe quoi – les disputes, les querelles, etc. Il ne faut ni penser ni se comporter de la sorte. Les choses sont faciles durant la session méditative parce que personne ne nous embête. Mais une fois sorti de là, vous allez rencontrer bien des conditions extérieures nuisibles à votre pratique. En ces moments-là, il est très important de demeurer attentif sans laisser votre esprit être distrait. La méditation, c'est comme recharger ses batteries. Pendant la session, vous vous rechargez effectivement, mais le but de charger ses batteries, c'est de s'en servir. Quand vous méditez, vous essayez de transformer votre esprit, l'effet véritable n'apparaît qu'après. Il ne faut pas négliger ni masquer les progrès accomplis durant la méditation, il convient cependant de les entretenir dans la vie quotidienne.

Comme je l'ai déjà expliqué, à la fin de la session, on consacre le mérite créé de la sorte au bien-être d'autrui. Ainsi s'achève la principale séquence de la méditation. Ensuite, il suffit de se comporter en conséquence en mangeant, en se lavant, etc. En menant sa vie de cette façon, on sera à même de donner une signification vertueuse aux vingt-quatre heures de la journée, et donc, les semaines, les mois et les années se chargeront également de sens.

Si vous êtes capable de pratiquer de cette manière, vous concrétiserez l'une des maximes des maîtres kadampas du XIIe et XIIIe siècle du Tibet. Ils disaient qu'à sa mort, le meilleur des pratiquants est ravi, car il troque sa forme pour une meilleure, convenant mieux à sa pratique du dharma. Le pratiquant moyen ne désire rien, mais il y est pleinement préparé. Et même le plus modeste des disciples n'a pas de regret. En raison de la puissance de leur réalisation, ces adeptes seront capables de rester dans la claire lumière, parfois des jours durant. Par exemple, feu mon propre maître, Kyabje Ling Rimpoché, y est demeuré pendant treize jours. À cause de sa maladie, au cours de ses derniers jours, il paraissait très frêle et mal en point. Mais après son décès, tandis qu'il était dans cet état de Claire lumière, son teint avait retrouvé son rayonnement.

En pratiquant comme il se doit, vous pouvez conférer toute sa valeur à votre vie d'humain, libre et comblé. Comme le disaient les maîtres kadampas, « cherchez l'éveil plénier ; soyez préparé au plus grand effort et à endurer des peines ; entreprenez la pratique la plus appropriée au moment ».

Chapitre IV

DE LA PERSPECTIVE DE LA PRATIQUE

Il est dit ici que précieuse est la vie de l'être humain libre et avantagé. Pareille vie humaine est rare, mais ceux qui la possèdent peuvent grâce à elle aller très loin.

Pourtant, elle ne dure pas, elle est fragile et éphémère à l'extrême. Il importe d'être conscient de ses caractéristiques et de nous préparer à en faire le meilleur usage. Il est facile de voir que le potentiel humain dépasse de loin les capacités des autres créatures vivantes dans le monde. L'esprit humain voit loin. Sa connaissance est sans limite. En raison de sa puissance, nouvelles découvertes et inventions abondent sur notre planète. Toutes ces inventions devraient essentiellement promouvoir le bonheur et la paix dans le monde. C'est malheureusement trop peu souvent le cas. Fréquemment, l'ingéniosité humaine est utilisée pour créer des troubles, la désunion, voire la guerre.

À l'évidence, l'intelligence humaine est allée très loin. Idées et activités ne serait-ce que d'un seul individu peuvent avoir des implications de grande portée pour des millions de gens et d'autres créatures vivantes. Lorsque nos aptitudes humaines sont canalisées dans le bon sens, motivées par une attitude adéquate, il se produit des merveilles. La valeur de la vie humaine est inestimable. Dans une perspective plus strictement spirituelle, c'est sur l'assise d'une vie humaine qu'il est possible de développer divers types de discernement et de réalisation. Seul l'esprit humain peut générer amour infini et compassion. Être davantage concerné par les autres que par soi-même et travailler inlassablement dans leur intérêt sont parmi les attributs les plus nobles de la nature humaine.

La vie comme être humain est extrêmement appréciable en termes de pouvoir d'accomplissement de nos desseins, autant temporaires qu'ultimes. Dans ce contexte, le but temporaire se réfère à accéder à une naissance supérieure, et l'ultime – au nirvana et à l'éveil plénier. Ces objectifs sont précieux et difficiles à atteindre. Pour y arriver, il faut être à même de pratiquer et de rassembler les causes indispensables. Seuls les humains ont l'occasion et l'intelligence de le faire. Pour renaître dans un royaume plus élevé, il faut se garder d'actions perverses et pratiquer des vertus comme la générosité et la patience. En s'engageant dans cette voie, on a le potentiel d'accéder au nirvana et à la bouddhéité.

Une fois affermie la conviction que la vie d'être humain libre et favorisé est rare et précieuse, il faut réfléchir à ce qu'elle n'est pas permanente. Malgré toutes ses virtualités, elle est brève et ne dure pas. Selon les instructions des textes, trois points fondamentaux sont à méditer à ce propos : la certitude de la mort, l'incertitude du moment où elle se produit, et le fait que quand elle arrive, seule la réalisation spirituelle de l'individu peut lui être d'un quelconque secours. C'est facile à comprendre et il n'y a là aucun défi intellectuel. Tout le mondc convient que, tôt ou tard, chacun mourra. Donc, la certitude de la mort n'est pas remise en question. Riche ou pauvre, jeune ou vieux, tous doivent mourir un jour. La mort est uniforme et universelle, et nul ne saurait nier ou défier ce fait.

Ce qui nous leurre, c'est l'incertitude du moment de la mort. Bien que nous sachions tous fort bien que nous allons mourir, on présume toujours que ce sera plus tard. Nous pensons tous que nous n'allons pas mourir de si tôt, et nous nous accrochons à l'idée fausse que la mort ne viendra pas avant des années et des années. Cette notion d'un avenir long, indéfiniment étiré devant nous, nous dissuade d'un comportement spirituel sérieux. Le but premier de la méditation sur l'impermanence et la mort est de nous pousser à nous engager activement dans la pratique spirituelle.

Laissez-moi esquisser quelques grandes lignes à même de rendre la pratique spirituelle fructueuse et féconde. Comme je l'ai déjà indiqué, elle consiste en sessions méditatives et périodes d'après-méditations. D'aucuns ont souvent l'impression que la pratique spirituelle se fait uniquement pendant les sessions ; ils ignorent la nécessité de poursuivre après. Il importe de réaliser que cette approche est erronée. Pratiquer en période d'après-méditation est d'une importance égale. Il faut donc comprendre comment les deux se complètent l'une l'autre. La compréhension spirituelle acquise durant la méditation doit renforcer celle de la période ultérieure, et vice versa. Grâce à l'inspiration gagnée pendant les sessions méditatives, on peut développer de multiples vertus comme la compassion, la bienveillance, le respect des bonnes qualités d'autrui, etc. Au cours de la séance, il est plus facile d'assumer un certain degré de piété. L'épreuve réelle cependant vient au moment de faire face au monde extérieur. C'est pourquoi il faut être diligent dans la pratique postméditative.

Quand on est assis en train de prier et de méditer, on trouve à l'évidence une certaine paix de l'esprit. On est capable de générer de la compassion envers les pauvres et les nécessiteux, et de se sentir plus tolérant à l'égard de nos rivaux. L'esprit est plus détendu et moins agressif. Mais c'est bien plus difficile de garder cette attitude quand on est confronté aux réalités de la vie. Méditer, c'est comme nous entraîner pour la vie réelle. Sauf à nous engager dans une harmonisation de nos expériences méditatives et postméditatives, notre comportement spirituel perd de son nécessaire impact. On peut être aimable et faire preuve de compassion pendant la méditation, mais si quelqu'un nous harcèle sur la route ou nous insulte en public, il est fort possible que l'on s'emporte jusqu'à devenir agressif. On peut même répondre sur-le-champ. Si tel est le cas, toute la patience, la bienveillance et la compréhension acquise au cours de la méditation s'évanouit instantanément. Bien sûr, c'est très facile de montrer compassion et altruisme quand on est installé confortablement sur son siège, mais c'est l'expérience pratique qui fait problème. Par exemple, quand on a l'occasion de se battre et qu'on y renonce, c'est une pratique du dharma. Quand on a le pouvoir de malmener quelqu'un et que l'on s'en abstient, c'est une pratique du dharma. La pratique réelle du dharma, c'est de se contrôler soi-même en de telles circonstances.

Pour que la pratique spirituelle soit stable et durable, il nous faut nous exercer avec constance. Un pratiquant fantasque a peu de chance d'atteindre son objectif. Il est d'extrême importance de pratiquer les enseignements jour après jour, mois après mois, année après année. Quiconque pratique assidûment peut développer des réalisations spirituelles. Attendu que tout phénomène impermanent change, un jour, vos esprits rudes et sauvages deviendront disciplinés et sages, pleinement détendus et paisibles. Ces merveilleuses qualités mentales peuvent être développées simplement en percevant les avantages des pensées et actions de vertu, ainsi que les inconvénients de l'illusion. Il est cependant vital pour le pratiquant d'apprendre les méthodes et techniques appropriées. Dans la quête de la réalisation spirituelle, on ne saurait employer la force brutale.

Lorsque je recevais des enseignements de Khun-nu Lama, il m'a raconté l'histoire de quelqu'un qui pratiquait la circumambulation à Lhassa. Quelqu'un d'autre méditait par là, et le marcheur l'interroge : « Que faites-vous ? » L'autre répond : « Je médite la patience. » Le premier lance : « Bouffe de la m... ! », et le méditant de sauter en l'air, furieux. Ce qui montre clairement que l'épreuve réelle de la pratique consiste à voir si l'on peut l'appliquer face à des situations perturbatrices. Je pense que la pratique postméditative est probablement plus importante que celle accomplie en cours de session. Durant cette dernière, en fait, on se recharge, on alimente ses batteries pour être capable de pratiquer après. Ainsi, mieux nous serons à même de façonner l'esprit pendant la session, plus nous serons aptes à affronter ensuite les difficultés.

Le texte explique la nature du particularisme de la vie humaine libre de pratiquer le dharma. Les individus qui ont la liberté et l'occasion d'accomplir la pratique du dharma ne s'encombrent pas de vues erronées. Ils sont affranchis des contraintes d'une naissance animale, de spectre affamé ou de créature infernale. Ils ont évité de naître en un lieu dépourvu d'enseignement du Bouddha, ou dans un lointain pays barbare. Ils ne sont pas nés non plus muets ou stupides.

Imaginez être né oiseau, préoccupé uniquement de se nourrir. Nous n'aurions aucune possibilité de pratiquer le dharma. Heureusement, nous ne sommes nés ni oiseau ni animal, nous sommes nés humains. Pourtant, même humains, nous aurions pu naître en un pays reculé où l'enseignement du Bouddha est inconnu. Richesse et intelligence ne feraient rien à l'affaire, nous serions incapables de suivre le dharma. Mes amis occidentaux viennent de lieux où, d'ordinaire, on ne pratique pas le bouddhisme. Cependant, en raison de leurs instincts positifs et des temps qui changent, nous avons pu nous rencontrer et partager les enseignements. Autrefois, les pays occidentaux auraient pu être qualifiés d'arriérés, où les gens n'étaient pas libres de pratiquer. Il nous faut apprécier non seulement d'être nés humains, mais également de disposer tous maintenant des conditions nécessaires pour mettre le dharma en pratique.

La vie humaine est la base la mieux appropriée pour accéder au nirvana et à la bouddhéité. Dès lors que nous avons rencontré pareille occasion, rien ne serait pire que de ne point en faire bon usage. Nous avons obtenu une inestimable naissance humaine à la suite d'une accumulation de grandes vertus par le passé. Il nous faut maintenant la faire fructifier en pratiquant continûment le dharma. Sinon, nous serions comme ces marchands d'antan qui s'en allaient au loin traverser les océans à la recherche de richesses, juste pour revenir les mains vides. Le corps humain est comme un vaisseau sur lequel on peut traverser l'océan des souffrances du cycle de l'existence. L'ayant trouvé, pas le temps de s'endormir et de ne pas pratiquer.

Une vie d'être humain libre et favorisé est très difficile à obtenir, car sa cause est difficile à créer. La plupart des humains s'emploient à des activités malheureuses, si bien que nombre d'entre nous renaîtrons dans des royaumes inférieurs. En vertu de nos attitudes et conduites présentes, il sera malaisé pour la plupart d'entre nous de renaître sous forme humaine lors de nos prochaines vies. Et faute de vie humaine, nous nous engagerons dans des activités uniquement négatives, privés d'occasion de pratiquer le dharma.

Une vie humaine libre et favorisée est également rare en termes numériques. À comparer le nombre d'êtres sensibles dans le royaume de l'homme par rapport à celui du règne animal et des autres, on verra qu'animaux et oiseaux dépassent de beaucoup en quantité les humains. Et même après avoir acquis une vie humaine, bien peu orientent leur esprit vers la pratique du dharma. C'est pourquoi il nous faut générer le souhait délibéré de donner un sens à cette expérience humaine.

De ces commentaires, il apparaît clairement qu'une vie humaine libre et favorisée est extrêmement rare. Ceux d'entre nous doués de ces traits particuliers doivent réaliser que nous sommes aptes à atteindre à des objectifs élevés. Ici même, là où je suis en train d'enseigner le dharma sacré, nous sommes entourés d'une multitude d'oiseaux et d'insectes. Loin de comprendre ces enseignements, ils n'ont même pas l'ombre d'une pensée de vertu. Ils ne pensent qu'à manger. Donc, il ne suffit pas que le dharma soit disponible. Les individus ont besoin d'une base adéquate leur permettant de comprendre les enseignements et de les mettre en pratique.

De par la longue tradition du bouddhisme du Grand Véhicule au Tibet, les Tibétains ont acquis certaines qualités positives innées. Ils s'adonnentà la bonne parole pleine de sympathie. Même dans les coins les plus reculés, là où vivent des nomades, des Tibétains illettrés prient pour tous lesêtres sensibles, songeant à eux tous comme s'ils avaient été leur propre mère dans des vies passées. J'en ai rencontré beaucoup qui viennent de ces endroits-là, qui me demandaient de rentrer au plus vite au Tibet pour le bien des mères des êtres sensibles. Parfois, cela me faisait sourire qu'ils puissent penser à des êtres sensibles maternels seulement au Tibet, et nulle part ailleurs. Quoi qu'il en soit, l'important, c'est qu'en vertu de leur compassion, ils aient de puissants instincts de sollicitude envers les êtres.

Autrefois, le bouddhisme a fleuri en Chine, et les Tibétains croyaient que les empereurs étaient des émanations de Manjushri, le bodhisattva de la sagesse. Rétrospectivement, je pense que nous étions naïfs dans notre sincérité et que nous avons failli à obtenir la réciprocité. Et nous en supportons les conséquences. Il y a eu de grands bouleversements politiques depuis que les communistes ont pris le pouvoir. Ils semblent haïr le bouddhisme comme si c'était du poison. En raison de l'endoctrinement, les Chinois réagissent l'un envers l'autre avec hostilité, suspicion, jalousie et autres pensées négatives. Lors des campagnes d'élimination des oiseaux et des insectes pour des raisons idéologiques, ils avaient recruté même des enfants. En de telles conditions, les instincts naturels de bonté et de vertu sont anéantis. En revanche, dans les familles tibétaines, aucun effort n'est épargné pour instiller des empreintes vertueuses aux jeunes.

La vie en tant qu'être humain libre et favorisé peut être considérée de diverses manières. Nous ne sommes pas qualifiés simplement parce que nous sommes nés humains. Imaginez être né durant ce que l'on appelle un âge des ténèbres, quand aucun Bouddha ne se manifeste dans le monde des hommes. Vous pouvez posséder richesse, pouvoir et influence, spirituellement, vous serez dans l'obscurité. À ces époques-là, point de dharma dans le monde.

Il est important de comprendre ce que signifie la pratique des enseignements. Différents moyens et procédés ont pour but direct ou indirect de modeler l'esprit inapprivoisé et de le discipliner, en domptant ses aspects négatifs et en rehaussant ses traits positifs. Par exemple, on récite des prières et on médite. Ces pratiques visent à promouvoir la bonté de cœur et à nourrir des vertus comme la courtoisie et la patience. Elles doivent maîtriser et éliminer des aspects négatifs de l'esprit telles l'animosité, la colère et la jalousie, car celles-ci sont source de trouble et de malheur pour nous-même et pour les autres. C'est pourquoi la pratique du dharma est bénéfique.

Tout cela amène automatiquement à se demander s'il est possible de pratiquer les enseignements. La réponse est un oui emphatique. Ainsi donc, nous avons obtenu une vie humaine. Nous avons la chance d'avoir rencontré des maîtres spirituels doués de compassion et aptes à nous guider sur la voie juste. Nous avons également le choix et l'occasion de nous engager dans la pratique.

Il ne faut pas songer à remettre notre pratique du dharma à la prochaine vie. C'est une erreur, car il sera malaisé de renaître à l'avenir sous forme humaine. Pas plus qu'il ne faut se dire que l'on peut attendre l'année prochaine ou dans un mois. Mourir est inévitable, mais nul ne sait quand vient le moment. De toutes les pratiques à notre portée, générer l'éveil de l'esprit est la plus importante.

Il est capital de se souvenir que chacun possède une nature innée de Bouddha et que les émotions perturbatrices ne sont qu'affections temporaires de l'esprit. En pratiquant convenablement le dharma, ces émotions aliénantes peuvent être entièrement éliminées, et notre nature de Bouddha se révèlera dans tout son potentiel.

Toutes nos pratiques spirituelles doivent être orientées vers le développement de la pensée altruiste de l'esprit éveillé. Afin qu'advienne cette pensée sublime, il est essentiel de comprendre la condition humaine. Cela aide à générer bienveillance et compassion envers autrui. Sauf à avoir quelque expérience de la souffrance, notre compassion pour autrui ne vaudra pas grand-chose. En conséquence, le désir de nous libérer de la souffrance prime le sens de compassion envers les autres. Le but de toutes nos pratiques spirituelles doit être l'éveil de l'esprit. C'est l'enseignement suprême et le plus précieux du Bouddha. Afin que notre sens d'esprit d'éveil soit puissant et efficace, il nous faut méditer sur la mort, ainsi que sur la loi de la cause à effet. Méditer également sur la nature perverse du cycle de l'existence et sur les bienfaits du nirvana. Toutes ces pratiques sont complémentaires, car chacune sert à nous pousser à développer l'esprit d'éveil.

La deuxième étape consiste à réfléchir à la mort et à la nature impermanente des choses, ainsi qu'aux désavantages de ne point y penser. Songer à la mort et à l'impermanence ouvre la porte à forger d'excellentes qualités dans cette vie et la suivante. Méditer la mort et les misères des règnes inférieurs d'existence est primordial pour les pratiquants qui s'efforcent d'assurer leurs prochaines vies. Ils visent à atteindre leurs buts en prenant refuge dans le Triple Joyau et en observant la loi de la causalité. Ils s'abstiennent principalement des dix actions non vertueuses.

Par la méditation, les individus en quête d'une renaissance heureuse finissent par réaliser l'impermanence du corps, soumis au déclin. Il est sous l'emprise des émotions perturbatrices et des actions passées, qui découlent en dernier ressort de la conception erronée de l'existence vraie. Tout ce qui advient de l'ignorance est misérable par nature. Les pratiquants qui recherchent uniquement une bonne renaissance méditent essentiellement l'impermanence grossière, observant que nous sommes tous mortels, que les fleurs se fanent et que les maisons s'effondrent. Ceux qui visent la paix du nirvana méditent l'impermanence subtile, observant que tous les phénomènes sont sujets à un changement incessant.

Par ailleurs, sans songer à la mort et en cherchant simplement à l'oublier, on ne s'adonne qu'à des activités liées à la seule vie présente. Même en prétendant pratiquer le dharma, on ne le fera que pour cette vie. Ne pas se souvenir de la mort conduit à une existence très limitée. Y songer nous rappelle la vie d'après, ce qui amoindrit l'importance accordée aux choses de celle-ci. Certes, il nous faut travailler pour vivre, mais sans oublier la vie à venir. Il nous faut penser à la mort et à l'impermanence, car nous sommes trop attachés aux biens de l'existence actuelle : nos possessions, nos proches, et ainsi de suite. Pour qui pratique le dharma, la crainte de la mort ne signifie pas la peur d'être séparé de parents, de la richesse ou de son propre corps. De ce point de vue, la peur n'a pas de sens, car tôt ou tard, il nous faudra mourir. Une crainte plus utile est celle de mourir trop tôt, sans avoir été à même de faire ce qu'il convient pour s'assurer une prochaine vie meilleure.

Chacun sait que la mort est certaine et que nul ne saurait l'éviter. Au lieu de s'en détourner, mieux vaut s'y préparer. Nombre de textes expliquent les avantages de se souvenir de la mort et les inconvénients de l'ignorer. En s'y préparant par la méditation, elle ne nous prendra pas au dépourvu, elle ne sera pas un choc difficile à supporter. En prévoyant les troubles à venir, on prend des précautions. Quand on est mentalement préparé à ce qui peut arriver, on n'est pas pris de court au moment où s'abat le désastre. Ainsi donc, on médite la mort non pas pour créer terreur ou malheur en nous, mais pour s'apprêter à y faire face quand elle arrive. Aussi longtemps que l'on demeure dans le cycle de l'existence, on ne saurait être libéré de la maladie, de la vieillesse ni de la mort. En conséquence, il est sage de se préparer à l'inévitable. Il nous faut nous familiariser avec le processus de la mort et des états intermédiaires entre les vies qui s'ensuivent. Ce faisant, quand ces divers événements se présentent, on est à même d'y faire face avec détermination et courage.

Comme je l'ai déjà dit, à réfléchir à la mort, il y a trois points majeurs dont il faut se souvenir. La mort est certaine, nul n'en connaît l'instant, et à ce moment-là, rien ne peut aider hormis notre compréhension du dharma. L'inévitabilité de la mort est évidente et va de soi. Il n'empêche qu'il convient de songer au moment et à l'endroit où elle se produit. Nul ne saurait l'éviter. La mort est une condition universelle. C'était vrai dans le passé, ça l'est dans le présent et le restera dans l'avenir. Quelle que soit notre existence physique, nous ne serons pas immunisés contre la mort. Les Bouddhas eux-mêmes ont quitté leurs corps, alors que dire des êtres ordinaires ?

Pour ce qui est de l'endroit, il n'en est aucun qui puisse être considéré hors d'atteinte de la mort. Où que nous soyons, impossible de l'éluder. Nous ne saurions nous cacher dans les montagnes ou demeurer dans l'espace au-delà de sa portée. La mort nous tombe dessus comme une grande montagne qui s'effondre, sans échappatoire. On a beau être courageux, rusé et habile, quelle que soit la tactique utilisée, il n'est nullc part où esquiver la mort, ni dans les hautes montagnes, ni au fond de la mer, ni dans les profondeurs d'une forêt, ni dans la foule de la ville. Il n'est pas une seule personne dans l'histoire qui n'ait dû mourir. Même les plus évolués spirituellement sont décédés, sans parler des rois les plus puissants et des guerriers les plus vaillants. Chacun, riche ou pauvre, grand ou petit, homme ou femme, doit mourir.

En méditant la mort, il faut accorder la plus grande attention à son imprévisibilité. De fait, l'incertitude quant au moment de la mort entrave nos efforts spirituels. Nous acceptons que la mort viendra inéluctablement un jour, mais dès lors que l'on ne sait pas quand, on a tendance à penser que c'est toujours plus tard. C'est une illusion. En réalité, nous sommes constamment engagés sans le moindre répit dans une course à la mort.

On peut être bien vivant aujourd'hui, mais parfois, la mort nous surprend sans que nous ayons trouvé le temps de pratiquer le dharma. Rien ne saurait être ajouté pour faire durer nos vies. La vie décline continûment sans interruption. Les années sont consommées par les mois, les mois par les jours et les jours par les heures. Nos vies sont détruites aussi vite qu'un dessin à la surface de l'eau. Comme le berger mène son troupeau à l'étable, la vieillesse et la maladie nous conduisent à la mort. Notre structure physique elle-même ne nous permet guère de vivre plus d'une centaine d'années. La durée de notre vie est définie par notre karma. Il est difficile de l'étendre. Bien sûr, des prières de longue vie, des initiations de longévité et autres peuvent prolonger quelque peu une vie, mais il est très difficile de l'allonger ou de la proroger. Des choses que nous avons faites il y a quelques jours à peine n'existent plus que dans notre mémoire. Nous ne pouvons ravoir ces expériences. C'est vrai même pour ce que nous avons fait ce matin. Depuis, quelques heures ont passé, ce qui signifie que nos vies ont raccourci d'autant. La vie s'écoule à chaque tic-tac de la montre.

Chaque semaine suivant l'autre, nous ne voyons pas le temps passer. Parfois, quand il me souvient très clairement de ma vie à Lhassa, il me semble que c'était il y a tout juste quelques jours. Nous sommes en exil depuis plus de trente ans, mais c'est seulement lors de rencontres avec de vieux amis ou avec leurs enfants que nous réalisons combien le temps a passé. On tend à songer au passé comme à quelque chose de proche, et à l'avenir, comme étalé dans le lointain. En conséquence, nous avons toujours tendance à supposer que nous avons tout le temps de pratiquer. On y pense comme à un projet d'avenir. Ce penchant négatif nous leurre.

Même vivants, nous avons peu de temps pour pratiquer le dharma. La moitié de notre vie, nous la passons à dormir. Les dix premières années, nous ne sommes que des enfants, et après vingt ans, on commence à vieillir. Dans l'intervalle, notre temps se remplit de souffrance, d'anxiété, de lutte, de maladie, et ainsi de suite, ce qui limite nos capacités de pratique.

Dans cent ans à partir d'aujourd'hui, personne d'entre nous, à l'exception d'un ou deux nouveau-nés, ne sera plus vivant. Nous avons la curieuse habitude de parler de la mort d'Untel à tel endroit, sans songer que la mort nous emportera pareillement. Il ne nous vient jamais à l'idée que nous aussi, nous mourrons. La télévision parle de gens tués, mais nous sommes toujours spectateurs, pas ceux qui vont mourir. Donc, à réfléchir à l'inévitabilité de la mort, il nous faut décider de pratiquer le dharma, de cesser de biaiser en commençant dès aujourd'hui. Des multiples niveaux de la pratique, méditer l'éveil de l'esprit est le plus important, si bien qu'il faut se déterminer à le faire sur-le-champ.

Dans la cosmologie bouddhiste, notre planète est dite le monde du Sud. Attendu que nous y habitons, la durée de notre vie est incertaine à l'extrême, alors que celle des êtres du monde du Nord est définie avec précision. Il est difficile de prendre à la lettre la description de ces mondes des Écritures. L'important dans les enseignements du Bouddha, c'est son explication des Quatre Nobles Vérités et ses instructions sur la manière de transformer l'esprit. Parfois, il m'arrive de dire en badinant que le Bouddha n'est pas venu en Inde pour dresser des cartes du monde. Lorsqu'il y a contradiction entre le constat scientifique et la description scripturaire bouddhiste de l'univers, il convient d'accepter pour vrai ce qui peut être observé. Nul besoin d'être dogmatique ou étroit d'esprit à ce propos. Cela ne discrédite en rien les enseignements fondamentaux du Bouddha. En y réfléchissant, on peut apprécier les vastes profondeurs du dharma. Ce que disent les Écritures, c'est que la durée de vie des êtres de notre monde est extrêmement imprévisible. D'aucuns parfois meurent très jeunes, tandis que d'autres vivent jusqu'à un âge avancé.

Dans notre méditation sur la mort, il convient de considérer les facteurs qui la déterminent. Les conditions qui étayent la vie sont limitées. Comble de l'ironie, elles causent parfois même la mort. Nourriture et abri comptent parmi nos nécessités premières, mais à l'occasion, une mauvaise nourriture ou trop manger peuvent être fatal. Nos corps sont composés d'éléments qui s'opposent par nature les uns aux autres. Quand on parle de bonne santé, cela veut dire que ces éléments antagonistes sont en équilibre. Lorsque l'équilibre est rompu, on souffre de divers malaises. De l'extérieur, nos corps paraissent solides et forts, mais le métabolisme humain est si subtil et si complexe qu'il suffit que quelque chose arrive à une partie du corps pour perturber les fonctions d'autres organes. Le corps est comme une machine composée de beaucoup de pièces délicates. Le cœur, par exemple, doit battre vingt-quatre heures sur vingt-quatre. Il pourrait s'arrêter n'importe quand. Que ferions-nous alors ?

Même aux meilleurs moments, nous n'avons aucune garantie de ne pas mourir demain. On peut croire que, parce qu'une personne est en bonne santé, elle ne mourra pas de sitôt. Il ne s'agit cependant que de spéculations. Il y a tant de causes et de conditions pour mourir que l'on ne sait pas quand la mort frappera. Vous pouvez songer qu'en cas de séisme, votre maison est solide. Vous pouvez vous dire que si un incendie éclate, vos pieds sont légers et que vous pourrez fuir. Et pourtant, nous n'avons aucune garantie de nous protéger de toute éventualité. Il nous faut donc prendre toutes les précautions et nous préparer à faire face à n'importe quelle situation inconnue. Nous pouvons être certains que la mort viendra ; ce dont nous ne sommes pas sûrs, c'est quand.

Finalement, à l'instant de la mort, rien ne peut aider, exceptée votre pratique du dharma. Quand on meurt, on part seul, en laissant tout derrière soi. Vous pouvez avoir beaucoup d'amis et de parents merveilleux, mais à ce moment-là, aucun d'entre eux ne peut vous aider. Même le plus cher à votre cœur est totalement impuissant. Vous pouvez être riche, mais la richesse ne peut rien pour vous au seuil de la mort. Vous ne pouvez pas emporter le moindre centime. Au contraire, cela peut être source de souci. Votre meilleur ami lui-même ne saurait vous accompagner vers votre prochaine vie. Un maître spirituel non plus ne peut mener même ses disciples les plus dévoués jusqu'au monde suivant. Chacun de nous doit s'en aller seul, poussé par la force de son karma.

Souvent je réfléchis à ma situation de dalaï-lama. Je suis certain qu'il y a des gens prêts à sacrifier leur vie pour moi. Mais au moment de ma mort, je devrais l'affronter seul. Nul ne saurait m'aider. Même mon propre corps devra être laissé derrière moi. Je voyagerai seul vers la vie suivante, en vertu du pouvoir de mes propres actions. Ainsi donc, qu'est-ce qui pourra nous venir en aide ? Uniquement les empreintes laissées dans nos esprits par des actions positives.

Positives ou négatives, les empreintes karmiques sont déposées dans la conscience subtile. Celle-ci est réputée être la conscience primordiale, ou Claire lumière, qui n'a ni commencement ni fin. Elle vient des autres vies et passe dans la suivante. Ce sont les empreintes karmiques déposées en elle qui font advenir les expériences de peine ou de bonheur. Au moment de mourir, seules celles de vos actions positives peuvent vous aider. Si bien que, tant que vous vivez et surtout quand vous êtes jeune, que votre esprit est délié et que vous êtes capable de pratiquer systématiquement, il importe de se préparer à la mort. Alors, vous serez apte à y faire convenablement face dès lors que sonnera l'heure.

Le processus de la mort se produit par la dissolution graduelle de nos éléments internes. Si votre esprit s'en est familiarisé, quand il se déroulera à l'instant de mourir, vous serez à même de le gouverner. Pareillement, si la méditation d'amour et de compassion, ou d'échange de votre bonheur contre la souffrance d'autrui, vous est familière, ces pratiques vous aideront. Si vous avez été un vrai pratiquant du dharma, vous affronterez la mort avec aisance.

Bien sûr, si vous croyez que nous n'avons que cette vie, tout finit à la mort. En revanche, si vous acceptez la possibilité de vies futures, alors la mort est juste comme un changement d'habits. La continuité de l'esprit perdure. Cependant, vu que nous n'avons aucune idée de ce qui nous attend, il est nécessaire de s'engager dès maintenant dans des pratiques qui nous aideront. Même en ce monde, nous avons besoin d'amis et de secours en des temps difficiles. Quand il nous faut affronter l'inconnu en solitaire, nous n'avons que notre pratique antérieure pour nous soutenir.

Lorsque nous parlons de la pratique du dharma, il y a parfois malentendu sur la signification. Laissez-moi la mettre en perspective. Pratiquer le dharma ne veut pas dire abandonner sa profession ou distribuer ses biens. Il y a divers degrés de pratique selon les aptitudes individuelles ou les dispositions mentales de chacun. Tout le monde ne peut pas renoncer au monde et partir méditer dans les montagnes. Ce ne serait pas pratique. Combien de temps pourrions-nous survivre ? On mourrait bientôt de faim. Nous avons besoin de fermiers pour la nourriture, comme nous avons besoin des gens d'affaires. Eux aussi peuvent pratiquer les enseignements et intégrer leur vie dans le cadre du dharma. Les milieux économiques doivent faire des bénéfices pour gagner leur vie, mais le profit doit être modéré. De même, dans d'autres domaines et d'autres professions, il convient de travailler honnêtement et consciencieusement, sans être en contradiction avec le dharma. De la sorte, il est possible de servir la communauté et d'aider l'ensemble de l'économie.

D'ordinaire, je conseille de consacrer la moitié du temps aux affaires de la vie courante, et l'autre moitié à la pratique des enseignements. C'est là, je crois, une approche équilibrée pour la plupart des gens. Bien sûr, nous avons besoin des vrais renonçants qui consacrent toute leur vie à la pratique. Ils méritent respect et vénération. On en trouve dans toutes les traditions du bouddhisme tibétain. Ils sont nombreux à méditer dans les Himalayas.

Après la mort, nous ne disparaissons pas ; on reprend naissance. Mais nous ne saurions être assurés que cette renaissance ne se fera pas dans des conditions fâcheuses. On ne prend pas volontairement naissance, nous y sommes contraints par la force de nos actions. Celles-ci sont de deux sortes, positives ou négatives. Pour assurer notre bien-être futur, il est important de cultiver des actions salutaires. Vu que l'existence en tant qu'animal, spectre affamé ou habitant de l'enfer est lamentable à l'extrême, les pratiquants aspirent à une renaissance plus favorable. La principale manière d'accomplir ce vœu est de s'abstenir des dix actions non vertueuses. Ces dix méfaits comprennent trois activités physiques – ôter la vie, prendre ce qui n'est pas donné, et inconduite sexuelle ; quatre activités verbales – mentir, tromper, insulter et cancanner ; et trois activités mentales – cupidité, méchanceté et vue fausse. S'en défaire est crucial si l'on veut obtenir une renaissance sous une bonne étoile.

La pratique de cette moralité doit être entendue dans le contexte de la loi du karma, ou de l'action. Toute action est vouée à produire des résultats. Cela signifie que, en fonction de vos activités positives ou négatives, vous ferez l'expérience de résultats positifs ou négatifs. Quelle qu'elle soit, votre action vous suivra comme l'ombre d'un oiseau en plein vol dans le ciel. Les actions ont également le potentiel de croître et de se multiplier. Aussi petit soit-il, le résultat final d'une action, positif ou négatif, peut être terrible. Il ne faut pas penser que tel méfait est insignifiant et qu'il ne vous nuira point à l'avenir. Tout comme une grande coupe se remplit de gouttes d'eau, même des activités négatives mineures vous nuiront plus tard. Tant que l'action n'est pas accomplie, vous n'aurez pas à en affronter le résultat ; mais une fois faite, ses effets ne disparaîtront jamais simplement. Ce qui veut dire qu'il vous faudra faire face à ses conséquences.

À y réfléchir, il faut cesser toute action négative et faire un effort en vue d'accumuler des actions valables. Parmi elles, la plus importante est de s'entraîner à l'éveil de l'esprit, dans l'aspiration d'y atteindre pour le bien de tous les êtres. En même temps, il faut considérer que le fonctionnement du karma est subtil et malaisé à comprendre. Le jeu délicat de l'action et de son résultat est extrêmement difficile à saisir, et nous ne sommes nullement en mesure d'y utiliser la raison. Ainsi, notre seul recours est de se fier à l'explication de quelqu'un d'expérience. Le cas échéant, il faut d'abord vérifier l'authenticité et la fiabilité de ladite personne. On peut le faire en observant sa conduite et en examinant ses enseignements que nous sommes à même de comprendre. Satisfait de leur validité, on peut en faire la base fondant la crédibilité du maître.

Dans la vie de tous les jours, on voit beaucoup de choses directement et on peut les comprendre immédiatement. On peut dire que ça, c'est un pêcher ou un bananier, sans avoir à faire appel à la raison ou à nous fier à une autorité digne de confiance. Néanmoins, lorsqu'il y a quelque chose derrière moi, je ne le vois pas directement de mes propres yeux. Mais si j'entends miauler, grâce à ma familiarité avec les chats, je peux raisonnablement supputer qu'il y a un chat derrière ma chaise. Il y a aussi des phénomènes partiellement obscurs que nous ne sommes pas à même de percevoir directement par nos sens, mais il est possible de les déduire en se fondant sur certains signes et indices. Ainsi, mon anniversaire tombe le cinquième jour du cinquième mois du calendrier tibétain. C'est une chose que je ne puis découvrir par moi-même. Il me faut simplement me fier à ce que mes parents m'ont dit. Je sais qu'ils n'ont aucune raison de mentir à ce sujet et qu'ils avaient tous leurs esprits. Je peux les croire sur parole en toute confiance, même si je ne puis le voir directement ou raisonner à ce propos.

En revanche, le fonctionnement très subtil de l'action et de ses résultats, ou le karma, est diablement difficile à comprendre pour l'esprit humain. Des gens du commun comme nous ne sauraient saisir des phénomènes aussi extrêmement obscurs par la perception directe ou le raisonnement. L'analyse la plus poussée ou l'examen le plus approfondi ne nous seraient ici d'aucun secours. Il nous faut nous en remettre à quelqu'un qui en a l'expérience et la connaissance, tel le Bouddha Śākyamuni. Nous ne le faisons pas en disant simplement qu'il est grand ou inestimable. Nous nous en tenons à ses paroles. C'est justifié, car un Bouddha ne ment pas ; il possède une grande compassion et un esprit omniscient, qui résultent de l'éradication de toutes les illusions et obstructions mentales. La bienveillance aimante du Bouddha est inconditionnelle et universelle. Son unique mission est d'aider les êtres sensibles de la façon la mieux appropriée. Outre sa compassion universelle, il est doué de la sagesse appréhendant directement la vacuité. Ces attributs de compassion et de sagesse le qualifient en tant que maître authentique. Il est quelqu'un sur qui l'on peut compter quand notre propre raison faillit.

La discipline éthique de s'abstenir des dix actions malsaines est le vrai refuge qui nous évite de chuter dans les états d'une existence malheureuse. Elle est étayée par la foi dans le karma ou la loi de causalité. Celle-ci s'acquiert par la confiance dans les paroles du Bouddha. C'est pourquoi il convient d'établir qu'il est crédible et digne de confiance, ce que nous faisons en examinant ses enseignements. La doctrine du Bouddha est vaste et profonde. Ses enseignements fondamentaux sur les Quatre Nobles Vérités sont impeccables. Leur pertinence et leur validité sont au-delà de toute question. Son explication de l'impersonnalité en tant que méthode d'accès au nirvana et à la bouddhéité est lucide et rationnelle. Notre foi et notre respect s'accroissent à l'analyse de ces instructions par le raisonnement logique.

On peut classer les humains en trois catégories majeures : ceux qui croient en la religion, ceux qui sont contre, et ceux qui ne sont pas concernés. La majorité appartient à la troisième catégorie. Ces attitudes reflètent les moyens divers des gens de réaliser leur bien-être. Il y a ceux qui comptent sur le confort matériel, et ceux qui se fient d'abord à la satisfaction spirituelle.

Les communistes chinois sont contre la religion en général et contre le bouddhisme en particulier. Ils la dénoncent comme poison, proclamant qu'elle nuit à la croissance économique et qu'elle est un instrument d'exploitation. Ils disent même que c'est une quête vaine et futile. Par ailleurs, les Tibétains croient en l'enseignement du Bouddha et y voient une source de paix et de bonheur. Dans l'ensemble, les Tibétains sont de nature heureuse, paisibles et souples face aux difficultés. Les adversaires de la religion tendent à être plus anxieux et étroits d'esprit. On peut également relever que les Tibétains s'en tirent pas trop mal sans trop en faire, alors que les Chinois se battent beaucoup plus dur pour survivre.

Une activité positive et méritoire débouche sur le bonheur et le succès. Les forces impliquées dans la loi de causalité ne sont pas des entités physiques, mais à les observer avec attention, on peut apprendre comment elles opèrent. Lorsque nous autres Tibétains sommes devenus des réfugiés, la vie a été très dure au début. Nous ne possédions pas un pouce de terrain et dépendions d'autrui pour tout soutien. Au fil du temps, notre situation s'est améliorée. C'est notre bon karma qui mûrit. Pareillement, dans la vie courante, d'aucuns réussissent mieux que d'autres sans raison apparente. On dit simplement qu'il ou elle a de la chance, mais ce sont là des exemples d'un karma positif à l'œuvre.

Il convient non seulement de cesser toute activité négative, mais également de mettre fin aux motivations qui leur donnent naissance. Il importe de s'abstenir des dix actions malséantes tant d'un point de vue spirituel que parce qu'elles sont contraires à un comportement humain acceptable. Le massacre des animaux, les tueries d'êtres humains et l'inconduite sexuelle, comme le viol, sont partout contraires à la loi. Aujourd'hui, nombre de lois nouvelles sont édictées, mais quel que soit le châtiment prescrit, il semble toujours qu'il y ait moyen de les éluder. Sauf à avoir un sens de convenance et de retenue chez les individus, il sera difficile de maintenir paix et tranquillité dans la société. La honte et la conscience sont plus efficaces que la menace de tomber entre les mains de la police et de risquer une punition. En suivant une pratique spirituelle qui entraîne une réelle transformation de l'esprit, nous ne dépendrons pas de forces extérieures. Un contrôle de l'esprit individuel assurera discipline et paix dans la société.

En vertu de quoi, il nous faut essayer d'éviter les dix actions mauvaises durant toute notre vie, et au moins, tenter de ne pas nous y engager fréquemment. Il faut se garder tout spécialement de tuer. Tuer même un petit insecte avec colère, attachement ou par ignorance peut servir à vous précipiter vers une renaissance malheureuse. Quand bien même ce serait une renaissance humaine, votre vie tendrait à être brève et vous inclineriez encore à tuer. Ainsi s'accumulent constamment les activités négatives, ce qui amène des expériences négatives pour nombre de vies à venir. On le voit chez de jeunes enfants qui, même à deux ou trois ans, aiment beaucoup tuer des insectes. Ils gardent de fortes empreintes dans l'esprit, qui les poussent à tuer.

Quand on est jeune, on est plus susceptible de se souvenir des actions et expériences des vies passées, avant d'être submergé par l'expérience présente. À mesure que l'on grandit, ces impressions très nettes, positives ou négatives, commencent à s'estomper. Plus tard, quand bien même les souvenirs ne sont peut-être plus aussi vifs, la force de nos actions persiste toujours dans l'esprit. Pareillement, et bien que nous n'en gardions pas forcément souvenance, certaines actions commises aux premiers temps de la vie conservent toujours leur potentiel. Un seul acte négatif ne l'est pas uniquement au moment où il est commis ; il peut nous pousser plus tard vers une existence déplorable, d'incessante souffrance.

À réfléchir à tout cela, vous ferez davantage attention. En considérant les inconvénients de tuer, vous tenterez de vous en abstenir. Même si un moustique vous embête et que vous pensez avoir une bonne raison de le tuer, essayez de ne pas le faire. Peut-être n'êtes-vous pas en mesure de donner votre sang, essayez au moins de ne pas le répandre. Sûr que ce n'est pas si facile, je le sais d'expérience. Quand un moustique vous pique la première fois, vous pouvez vous montrer patient. La deuxième fois, on s'agite un peu plus, et à la troisième, on commence à songer à le tuer.

Il importe de penser aux désavantages de tuer. Alors, si vous avez l'occasion de le faire et que vous vous en abstenez, vous pratiquerez réellement la vertu de ne point tuer. Si vous dites que vous évitez de tuer quand vous n'êtes pas en mesure de le faire, cela ne veut pas dire grand-chose. Ne pas tuer fait qu'à l'avenir, vous jouirez d'une meilleure renaissance, en tant qu'être humain par exemple. Vous vivrez plus longtemps et vous aurez naturellement le dégoût de tuer, vous éviterez d'ôter la vie à d'autres êtres. Les actions ne font pas naître des expériences positives ou négatives uniquement dans cette vie, leur effet est analogue dans les vies ultérieures.

En examinant notre attitude présente et nos dispositions mentales, on peut aisément en conclure que, dans le passé, nous nous sommes engagés dans des activités négatives. On peut facilement dépister lesquelles en voyant ce qui nous est plus familier en nous fondant sur notre expérience actuelle. Des personnes accoutumées à réciter leurs prières matinales n'éprouvent aucune difficulté à le faire maintenant. Mais pour ceux qui n'avaient pas cette habitude, c'est dur de s'asseoir chaque matin et de le faire. Même ceux d'entre nous qui sont ordonnés et qui pratiquent depuis des années sont facilement déroutés par des émotions perturbatrices. Ce qui indique que nous avons commis autrefois des actions négatives.

La manière de s'en purifier, c'est de ramener ces activités, quelles qu'elles soient, à l'esprit, et de les admettre ouvertement. Pour ce faire, on peut prendre refuge dans le Triple Joyau et générer l'esprit d'éveil. Puis, en regrettant ce qui a été malencontreusement accompli, promettre de ne jamais le refaire à l'avenir et persister dans l'engagement de pratique spirituelle. Il convient de poursuivre jusqu'à recevoir une indication claire, par exemple en rêve, que les actions perverses ont été épurées.

À moins de tenter de réfléchir aux souffrances du cycle de l'existence, vous ne créerez pas l'aspiration à la libération. Et à moins de penser à la chute dans le cycle de l'existence, vous n'entendrez pas la méthode d'y mettre un terme. Il faut méditer la souffrance de l'existence en général, ainsi que celle d'états spécifiques. Rien n'est certain dans ce cycle. Parfois, en raison de modifications au moment de la renaissance, un ami devient un ennemi, et un adversaire un ami, tandis que votre père devient votre fils, et votre mère votre épouse, et ainsi de suite. Rien n'est certain, si bien que vous ne savez pas qui est réellement votre ennemi et qui est vraiment votre ami. Dans cette vie même, il n'y a pas de certitude. On dit de quelqu'un qui nous rend heureux qu'il est notre ami. Nous considérons la richesse et les amis comme des sources crédibles de bonheur, mais à y réfléchir plus profondément, on ne saurait s'y fier, car ils sont sujets au changement.

L'absence de satisfaction est l'une de nos plus grandes souffrances. On goûte un certain degré de bien-être ou d'expérience dans l'espoir que cela nous apporte quelque satisfaction, et pourtant, celle-ci nous fuit. Plus nous savourons une chose, plus nous en désirons une autre. On voit bien des gens entourés de richesses et d'attentions qui ne sont toujours pas contents. Et quand ils se sentent insatisfaits ou mécontents, ils pensent qu'ils sont les plus malheureux du monde. Jusqu'à réellement expérimenter le cycle de l'existence comme une simple série de hauts et de bas, notre pratique spirituelle ne sera pas une réussite.

Nous avons aussi à nous départir encore et encore de nos corps, à renaître maintes et maintes fois, à subir les hauts et les bas de nos vies fluctuantes. Une fois, on peut naître rois dans un royaume céleste, mais dans les vies d'après, on peut tomber en un état d'insupportables souffrances. Quelle que soit la richesse accumulée, il faut finalement la laisser derrière. Aussi respecté que soit notre nom, aussi répandue notre renommée et aussi grande notre richesse, il faudra en fin de compte y renoncer. Tout ce qui a été assemblé finit par se défaire. On jouit de la vie avec des amis et des proches, mais à la fin, il faudra s'en séparer.

Quand on meurt, on s'en va seul, et l'unique lumière qui nous accompagne vient de la pratique spirituelle ou des actes positifs accomplis. Ainsi donc, le cycle de l'existence est sujet à caution. Il l'est parce qu'il faut à maintes reprises abandonner son corps, parce que l'on n'est jamais sûr du coup de pouce ou du coup bas d'autrui, parce que rien n'assure la prospérité et parce que l'on ne saurait compter sur ses compagnons. Autant que l'on jouisse des plaisirs de l'existence, ce ne sera jamais assez. Pour être entré tant de fois dans une matrice, la trace s'est perdue de la série de vos naissances, ce qui indique que vous vagabondez dans le cycle de l'existence depuis des temps sans commencement.

Songeons maintenant aux inconvénients du monde humain tel que nous en faisons actuellement l'expérience. Il se caractérise par les souffrances de la naissance, de la maladie, de la vieillesse et de la mort. Nul n'échappe à ces misères. Nous n'avons pas souvenance de nos souffrances à la naissance, et celles de la vieillesse nous sont encore évasives. Les maîtres kadampas avaient coutume de dire qu'il est bon que l'âge nous atteigne graduellement. S'il devait nous tomber soudain dessus, si nous nous réveillions un matin ridé, courbé et les cheveux blancs, le choc serait insupportable.

Toutes ces souffrances adviennent de notre sens du désir, de l'aversion et des autres émotions aliénantes. L'ignorance en est la cause première. On naît de par la force du karma et des émois perturbateurs. Tant et si bien que loin d'être un bon début, une naissance n'est que le commencement d'un long courant de souffrances. De ce point de vue, c'est ironie que de la célébrer comme quelque chose de spécial, et de continuer à fêter cette date chaque année. Attendu que nous sommes nés sous l'empire du karma et des troubles émotionnels, nous sommes contrôlés par nombre de forces négatives. Dès lors, comment espérer trouver joie et bonheur ? Nous sommes tous comme les Tibétains qui se trouvent sous l'emprise des communistes chinois. Sous une autorité si tyrannique, dénuée de tout respect de la loi de causalité et sans merci, n'ayant pas la moindre vergogne ou le moindre sens de la décence, comment les Tibétains pourraient-ils jouir de la paix et du bonheur ?

La souffrance de la vieillesse se faufile en nous, si bien que nous nous en rendons à peine compte. En fait, ça commence au moment même de la naissance. Elle nous attaque doucement et bien que la vieillesse ne soit guère agréable, son approche graduelle la rend supportable. À vingt ans, on entre dans l'âge adulte. Quand on arrive vers la quarantaine, nos cheveux commencent à blanchir et à tomber. Curieusement, on considère cela comme des signes de maturité et de dignité. Comme le vieillissement n'est pas évident, on ne voit pas où il mène. Une chose importante à garder en mémoire, c'est que vieillir fait partie de notre développement physique. Ce n'est pas quelque chose imposé de l'extérieur. Aussi longtemps que nous avons ce corps pollué, nous sommes assujettis aux souffrances de la naissance, de la vieillesse, de la maladie et de la mort. Le moyen le plus intelligent et le plus efficace de dépasser ces misères, c'est d'en éliminer les causes.

Aujourd'hui, la science médicale attribue nombre de causes de maladie à des agents extérieurs tels que virus et bactéries. Mais la cause fondamentale vient de notre forme physique. Nos corps sont susceptibles de maladie. Tous nos composants physiques et mentaux, nos corps y compris, sont les produits d'actions contaminées et d'émotions aliénantes. Nos malaises ont donc un double aspect, physique et mental. Nous souffrons, car telle est la nature de notre corps. Mais il ne sert à rien de nourrir du dégoût à son endroit. La stratégie la plus avisée est de trouver les causes de la souffrance, et de les éliminer. Aussi longtemps que nous resterons sous l'emprise des émotions fourvoyantes, il nous sera difficile de trouver le vrai bonheur.

L'objectif de la méditation sur la souffrance n'est pas de susciter plus d'angoisse, mais de nous inspirer à en éliminer les causes. Pratiquer la méditation sur la voie juste mène à la cessation de la souffrance et de ses causes. De ce point de vue, quelqu'un d'intelligent peut percevoir l'insondable sagesse du Bouddha qui a commencé par enseigner les Quatre Nobles Vérités. Considérer les mérites du nirvana et les inconvénients du cycle de l'existence stimule naturellement l'individu à s'engager dans des pratiques comme les trois apprentissages, soit de l'éthique, de la concentration et de la sagesse. Telle est la voie qui peut nous mener jusqu'à la libération.

La pensée altruiste de l'éveil de l'esprit est la porte d'entrée du Grand Véhicule. Littéralement, elle se réfère à l'élargissement ou l'extension de l'esprit. En bref, d'ordinaire nous nous préoccupons de nos propres intérêts et de notre bien-être personnel. N'empêche que ces intérêts ne concernent qu'un seul individu, aussi important soit-il. Les autres sont en nombre infini, et donc, leurs intérêts et leur bien-être sont bien plus importants que ceux d'un seul individu. Lorsque vous créez l'esprit d'éveil, vous élargissez votre sollicitude et votre souci au bien-être de tout un chacun. L'aspiration à accéder à l'éveil plénier d'un Boudha au profit de tous les êtres sensibles est une intention pure et puissante. Avec pour résultat que vous-même et les autres allez jouir d'une paix et d'un bonheur durables.

Il importe d'avoir conscience que les émotions perturbantes et les obstructions à la connaissance totale ne sont que des éclaboussures occasionnelles de l'esprit. Elles ne sont pas inhérentes à sa nature et peuvent donc être entièrement éliminées. L'essentiel ici, c'est que l'omniscience est quelque chose à quoi l'on peut accéder.

Naturellement, si l'on y parvient, on est mieux à même d'aider autrui. Quand on s'efforce d'être utile, la simple sincérité et le dévouement n'y suffisent point. Il est capital de comprendre l'intérêt de chacun, ainsi que ses capacités et ses dispositions mentales. Alors nos efforts visant au bien-être des êtres sensibles seront efficaces, et nous serons en mesure de graduellement les mener à la bouddhéité.

L'éveil de l'esprit est la pensée positive suprême. Il vaut la peine d'employer tous les moyens et toutes les méthodes en vue de le générer. Ne serait-ce que dans la vie courante, la gentillesse et le bon cœur sont hautement appréciés. C'est évident jusque dans la relation avec des animaux comme chien ou chat. Les chiens plus gentils et plus calmes s'attirent de meilleures réponses que ceux qui sont agressifs. C'est aussi valable dans la société humaine. Nous aimons tous être avec des gens aimables autour de nous. Paisible et détendue, leur nature est apaisante et réjouissante.

Lorsque le chef de famille est affable et large d'esprit, le reste de la maisonnée a l'esprit tranquille. Naturellement, il y a parfois des disputes et des querelles, mais quand on les traite selon des principes de pardon et d'oubli, elles cessent d'être si dérangeantes. Dans ces conditions, pareil foyer est destiné à connaître paix et prospérité. Quand le chef de famille est agressif, étroit d'esprit et égoïste, l'inverse est vrai.

Même au niveau individuel, chacun apprécie l'amabilité et le bon cœur. En gardant rancune à ses compagnons, on devient naturellement soupçonneux à leur égard. Ce qui conduit au cercle vicieux de la haine. Dès lors, comment s'attendre à la paix et au bonheur ?

Les humains ne sont pas intrinsèquement égoïstes, car l'égocentrisme est une forme d'isolement. Nous sommes essentiellement des animaux sociaux qui dépendons d'autrui pour répondre à nos besoins. Le bonheur, la prospérité et le progrès, nous y accédons par interaction sociale. En conséquence, une attitude courtoise et serviable est source de bonheur. Et l'éveil de l'esprit est suprême parmi toutes les pensées bénéfiques. Il motive l'individu dans sa quête des inconcevables qualités d'un Bouddha pleinement éveillé, afin d'en faire bénéficier des êtres sensibles en nombre infini. Cette pensée inestimable étaie les nobles actions des bodhisattvas, ces champions éveillés engagés sur la voie de l'éveil. Donc, à réaliser la valeur de l'esprit d'éveil, il nous faut en faire le thème central de notre pratique.

Chapitre V

DE L'ÉVEIL DE L'ESPRIT

Générer l'éveil de l'esprit est le seul accès à la voie du Grand Véhicule. Au sein de ce dernier, il n'y en a que deux : le véhicule des sūtras, et le véhicule des tantras.

Quel que soit celui que vous souhaitez emprunter, la seule entrée est l'esprit d'éveil. Quand vous possédez l'esprit éveillé, vous appartenez au Grand Véhicule, mais à peine vous en départissez-vous que vous dégringolez du second. Dès l'instant où vous générez l'éveil de l'esprit, quand bien même vous êtes aux prises avec les souffrances du cycle de l'existence, vous deviendrez un objet de respect jusque pour les Bouddhas qui sont eux-mêmes éveillés. De la même manière qu'un fragment de diamant est un superbe joyau surpassant tous les ornements, même faible, l'esprit adamantin d'éveil étincelle avec encore plus d'éclat que toutes les qualités que possèdent ceux qui recherchent la libération personnelle. Dans sa *Précieuse Guirlande*, Nāgārjuna dit que si l'on veut accéder à l'état insurpassable de l'illumination suprême, la source en est l'éveil de l'esprit. Il convient donc de générer un esprit d'éveil aussi stable que le roi des montagnes.

Qui n'a pas développé l'esprit éveillé ne saurait entrer dans les arcanes des pratiques secrètes du tantra. L'accès aux enseignements tantriques est réservé à ceux qui ont reçu initiations et pouvoirs, et sans posséder l'esprit d'éveil, vous ne pouvez recevoir l'initiation tantrique. Il est indiqué très clairement que l'entrée dans le véhicule secret dépend aussi de ce que l'on possède ou non l'esprit d'éveil.

C'est comme la graine pour atteindre à la bouddhéité, comme un champ où cultiver toutes les qualités positives, la pierre angulaire sur laquelle tout repose, le dieu de la richesse qui efface toute pauvreté, un père qui protège tous les bodhisattvas. C'est comme le joyau qui exauce tous les désirs. C'est encore comme un vase miraculeux qui accomplit tous les souhaits, une lance qui défait les émotions aliénantes adverses, l'armure qui vous protège des pensées impropres, l'épée qui décapite les émotions fourvoyantes, la hache qui abat les émois perturbants, l'arme qui repousse les attaques de toutes sortes. L'esprit éveillé, c'est comme le crochet qui vous repêche des eaux du cycle de l'existence, le tourbillon qui dissout tous les obstacles mentaux et leurs sources. Ou encore, l'enseignement concentré comprenant toutes les prières et activités des bodhisattvas. C'est comme un autel devant lequel quiconque peut faire des offrandes.

En conséquence, ayant obtenu une vie précieuse d'humain libre et favorisé, et découvert les enseignements complets du Bouddha, il nous faut apprécier hautement l'esprit éveillé. Ce qui donne une telle valeur au bouddhisme tibétain, c'est qu'il comprend d'inestimables enseignements en vue de le générer. L'existence même de cette tradition de cultiver amour et compassion, de développer le souci du bien-être d'autrui, est d'une valeur extrême. Moi-même, je me sens particulièrement privilégié d'être capable d'expliquer de tels enseignements en des moments comme le présent. Pareillement, vous aussi avez beaucoup de chance d'être en mesure de lire quelque chose sur cette attitude hors pair.

Il ne faut pas songer à l'esprit éveillé uniquement en tant qu'objet d'admiration, une chose à respecter. Il s'agit de quelque chose que vous pouvez générer en vous. Nous avons l'aptitude et le choix de le faire. Vous pouvez avoir été une personne horriblement égoïste aux premières étapes de votre vie, mais avec détermination, vous pouvez transformer votre esprit. Vous pouvez devenir comme la personne décrite dans une prière, qui « jamais n'attend d'œuvrer à son propre bien, mais travaille toujours au bénéfice d'autrui ».

En tant qu'humains, nous sommes doués d'intelligence et de courage. À condition de les utiliser, nous serons à même de parvenir à nos fins. Personnellement, je n'ai pas l'expérience de l'esprit éveillé, mais quand j'avais dans la trentaine, j'avais coutume de réfléchir aux Quatre Nobles Vérités et de comparer les possibilités d'atteindre à la libération et de développer l'éveil de l'esprit. Je pensais qu'accéder à la libération pour moi-même était à ma portée. Mais quand je songeais à l'esprit éveillé, cela me semblait tellement éloigné... Je me disais que, quand bien même c'était une qualité merveilleuse, ce serait drôlement difficile d'y parvenir.

Le temps a passé, j'ai passé la quarantaine, puis la cinquantaine, et bien que n'ayant pas encore atteint à cette clarté d'esprit, je m'en sens très proche. Maintenant, je pense que si je travaille assez dur, je pourrais être en mesure d'y accéder. Y réfléchir et en entendre parler me rend à la fois heureux et triste. Comme quiconque, je ressens moi aussi des émotions négatives comme la haine, la jalousie et la concurrence, mais grâce à cette familiarité, je sens également que je me rapproche de cette clarté de l'esprit. C'est une qualité singulière de l'esprit qu'à partir du moment où vous

vous familiarisez avec un objet particulier, votre esprit se stabilise dans cette relation. À la différence du progrès physique soumis à des contingences naturelles, les qualités de l'esprit peuvent être développées sans limite. L'esprit est comme un feu qui, continuellement alimenté, devient plus chaud. Tout devient plus facile à mesure qu'on se familiarise avec.

Pour réellement développer l'esprit conventionnel d'éveil, soit celui qui est concerné par les intérêts d'autrui, le premier pas consiste à examiner les défauts de l'égocentrisme et les avantages de chérir les autres. Dans cette perspective, une pratique essentielle consiste en l'échange de soi avec autrui. Il existe plusieurs explications à ce sujet. Elles ont toutes un facteur en commun : il est d'emblée nécessaire de regarder les êtres avec affection. Il convient de les voir sous des traits plaisants et attirants, et de s'efforcer de cultiver un solide penchant à leur endroit. Ce qui requiert de bâtir un sens d'équanimité réglementant nos émotions fluctuantes à l'égard des autres.

Pour ce faire, il est fort utile de visualiser trois personnes devant vous : un proche ou un ami ; un ennemi ; et quelqu'un d'autre envers qui vous êtes neutre. Observez votre réaction naturelle. D'ordinaire, nous sommes prédisposés à nous sentir proches de nos parents, éloignés de nos ennemis, et indifférents à tous les autres. Quand vous songez à votre petite amie, vous vous sentez proche d'elle et vous vous souciez de son bien-être. Lorsque vous pensez à votre ennemi, vous vous sentez immédiatement mal à l'aise et en garde. Vous pouvez même être content s'il lui arrive un pépin. Et quand vous évoquez la personne neutre, vous voyez que cela ne vous fait ni chaud ni froid qu'elle soit heureuse ou malheureuse : vous êtes indifférent. En admettant ces fluctuations émotionnelles, demandez-vous si elles sont justifiées. Imaginez que votre petite amie vous joue un vilain tour et voyez comment votre réaction à son endroit va changer.

Ceux que nous appelons nos amis dans cette vie ne l'ont pas été depuis toujours. Pas plus d'ailleurs que ceux que nous considérons présentement comme des ennemis ne nous ont été toujours hostiles. La personne qui nous est aujourd'hui amie ou proche, peut-être nous a-t-elle été ennemie dans une vie passée. De même, celle que nous regardons maintenant comme ennemie nous a peut-être été parente dans une autre vie. Si bien que c'est folie de n'être concerné que par ceux que nous tenons aujourd'hui pour amis, en négligeant ceux que nous percevons comme ennemis. Le but de l'exercice est de réduire l'attachement envers les proches et amis, tandis que déclinent la colère et la haine à l'égard des ennemis. Réfléchissez qu'il n'y a point d'être sensible qui n'ait été votre ami. C'est ainsi que l'on cultive l'équanimité à l'endroit de tous les êtres sensibles.

Au demeurant, ce n'est que par rapport aux autres qu'il nous est possible d'observer l'éthique, soit s'abstenir de tuer, de voler ou d'inconduite sexuelle. Aucune des dix actions vertueuses ne saurait être entreprise sinon en relation avec autrui. Pareillement, on peut cultiver la générosité, l'éthique et la patience uniquement en référence aux autres. Ce n'est qu'en corrélation avec eux qu'il est possible de développer l'amour, la compassion et l'éveil de l'esprit. La compassion, par exemple, est un état d'esprit qui advient quand on se focalise sur les souffrances des autres et que l'on cultive un désir puissant qu'ils en soient affranchis. Si bien que sans eux, nous serions dans l'incapacité de la pratiquer.

Tout ce que l'on réalise sur la voie dépend d'autrui. Quand bien même les êtres sensibles en tant que tels n'ont peut-être nulle intention de nous aider, ce n'est pas une raison de ne pas les apprécier. Par exemple, nous prisons et cherchons le nirvana en suivant la voie, mais ni la voie ni le nirvana n'ont la moindre intention de nous aider. Plus encore, il arrive parfois que des êtres aux intentions activement hostiles puissent nous donner un coup de pouce vers des réalisations supérieures. Les ennemis sont très importants, car c'est seulement par rapport à eux qu'il est possible de développer la patience. Eux seuls nous fournissent l'occasion de la pratiquer et de la tester. Ni votre maître spirituel, ni vos amis ni vos proches ne vous donnent une telle possibilité. Normalement, l'antagonisme de l'ennemi provoque la colère, mais en la modifiant, vous pouvez transformer cette attitude en une occasion de mettre pratiquement à l'épreuve votre patience. C'est pourquoi l'ennemi est parfois décrit comme le meilleur ami spirituel, car il nous offre non seulement l'opportunité d'exercer la patience, mais également de développer la compassion.

La bienveillance ne se borne pas seulement aux amis et aux proches ; elle est commune à tous les êtres sensibles. Même sans avoir été nos mères, tous les êtres nous ont directement ou indirectement manifesté de la bonté. La nourriture, le vêtement et l'abri dont nous bénéficions dans cette vie ne sont possibles que grâce aux autres. Nous survivons uniquement de par l'obligeance d'autrui. Notre naissance elle-même dépendait de la tendresse de nos parents. Toutes les facilités dont nous disposons sont dues au travail de nombre d'êtres sensibles. Elles n'adviennent pas spontanément comme par un coup de baguette magique.

Même les réalisations de cette vie – renommée, richesse et amis – ne s'accomplissent qu'en dépendance d'autrui. Il faut que les autres aient conscience de nous pour la renommée ; on ne saurait être connu dans un pays désert. Il nous faut prendre en compte que ces bontés des êtres sensibles ne se limitent pas à la période où ils nous ont été parents ou amis, elles concernent également le temps où ils ont été nos ennemis. Il convient d'y réfléchir soigneusement, car on y puise grande inspiration en vue de cultiver la compassion. En se remémorant de la sorte les bienfaits d'autrui, le désir de les leur rendre sera d'autant plus fort. Vous vous demanderez alors s'il est bon maintenant de négliger les autres. Le souhait naturel de rendre la pareille fait naître l'amour, la compassion et les meilleures intentions, ce qui mène finalement à l'esprit éveillé.

Après avoir observé avec affection les êtres sensibles, il convient de procéder réellement à un échange avec autrui. Il s'agit là de l'équanimité qui voit tous les êtres égaux à soi-même, attendu qu'ils cherchent le bonheur et veulent éviter de souffrir. Les parties de notre corps – la tête, les mains, les pieds, etc. – sont distinctes les unes des autres, et pourtant nous les considérons comme parties d'un tout sans faire de discrimination entre elles. De même, les êtres sensibles sont infinis en nombre et divers. D'aucuns aident et d'autres nuisent, mais du point de vue de leur désir de bonheur et d'éluder la souffrance, ils sont égaux. C'est ainsi que l'on cultive l'équanimité. Tout comme nous avons toujours tenté par tous les moyens d'établir notre propre bien-être et notre bonheur, en nous fondant sur l'équanimité, il nous faut tâcher d'en faire bénéficier avec impartialité tous les êtres, sans nous sentir proche des uns et éloigné des autres. Cela vaut la peine de le faire, comme l'explique le verset suivant :

Comme nul ne désire la moindre souffrance
Pas plus qu'il n'est jamais content du bonheur qui est sien,
Il n'est point de différence entre moi et autrui :
Partant, inspire-moi à me réjouir quand d'autres sont heureux.

Nous rencontrons douleur et malheur. De naissance en naissance, on endure le pire, pris entre les maux de la venue au monde, du vieillissement, de la maladie et de la mort qui affligent les humains. Tous ces tourments et ces méfaits résultent d'un état d'esprit indiscipliné dérivant de notre égocentrisme. Comment est-ce possible ? Uniquement préoccupé de notre seul bien-être égoïste, on néglige le bonheur des autres et on mésestime leurs efforts pour nous. Au contraire, on tue, on vole, on viole et on commet l'adultère, on répand des rumeurs, on convoite, on s'engage dans la perversité et les vues fausses. Plus nous sommes égoïstes, plus nous ignorons autrui et plus nous sommes susceptibles de les leurrer et de les malmener. Même quand il s'agit d'une idée fausse, il y a une bonne part d'amour-propre intéressé. On ne pense à rien d'autre qu'à soi-même, et dès que quelque chose n'est pas conforme à nos préjugés, on le rejette en disant : « Je n'y crois pas. » L'autolâtrie forme la base des dix actions non vertueuses. Ainsi, toutes les fautes à venir dans cette vie et les prochaines sont dues à notre attitude égocentrique. Voici ce qu'en dit le texte :

Bannis celui qui est à blâmer de tout.

Nous éprouvons des souffrances sans nombre dont nous ne voulons pas, et nous sommes incapables d'atteindre au succès en ce que nous souhaitons. Sans en admettre pour cause l'égotisme, on désigne toujours un facteur extérieur. Pourtant, renaître dans des états où l'on affronte des maux sans fin n'arrive pas sans causes ni conditions. Les causes défavorables proviennent d'actions et d'émotions aliénantes. Les actions adviennent essentiellement de troubles perturbateurs. Et parmi ces derniers, l'ignorance se raccrochant à la fausse idée de soi est la source de toutes ces souffrances. Autrement dit, tout le mal, le tourment et la peur du monde découlent de ce concept erroné. Quelle est l'utilité de ce spectre qui réside en moi ?

Ceux d'entre nous qui sommes sous l'emprise des émotions fourvoyantes, nous nous chérissons nous-même d'instinct. Nous apprécions l'égocentrisme et la fausse idée du soi en nous. Il nous faut examiner dans quelle mesure ce sentiment naturel de nous préoccuper de notre propre bien-être est bénéfique ou nuisible. Ce que nous cherchons, c'est le bonheur pour nous-même, mais tant que nous sommes sous l'empire de l'égoïsme, tout ce que nous y gagnons, c'est la souffrance. L'attitude égocentrique et le faux concept de soi, qui s'activent ensemble comme deux grands copains, œuvrent en fait à l'encontre de nos propres intérêts.

L'idée erronée du soi mène à une attitude égoïste tranquillement installée au cœur même de notre être. Le manque de considération qui s'ensuit pour les autres est comme une arme aiguisée d'opinions incorrectes avec laquelle on élimine le souci des bonnes ou mauvaises actions. De la sorte, on s'interdit la possibilité d'une meilleure renaissance, de la libération ou de l'éveil. Un fort sentiment d'un soi à l'existence intrinsèque produit un point de vue inexact. C'est pourquoi nous ignorons les autres, allant jusqu'à méconnaître les enseignements du Bouddha et à le brocarder lui-même. Cela est dû à notre conception fallacieuse du soi. C'est comme avoir un méchant boucher en soi. Cette pensée égocentrique traînant un sac de désir, d'aversion et d'ignorance est comme un voleur qui nous dérobe notre moisson de vertu.

Les graines de conscience sont plantées dans les champs de l'action. Elles sont irriguées mille et une fois par les flots du désir et de la convoitise, par le fermier qui en nous cultive les plants des renaissances.

Cela aussi en raison de notre attitude égotiste. Encore que des Bouddhas et des bodhisattvas sans nombre soient apparus dans le passé, nous avons été incapables de développer ne serait-ce qu'une seule de leurs qualités. De par l'autolâtrie en nous, nous sommes restés nus, les mains vides et indolents. Où que nous soyons dans le cycle de l'existence, nous sommes assaillis par la souffrance. Quel que soit notre associé, c'est un compagnon de souffrance. Tout ce dont nous jouissons est objet d'angoisse. Même si le Bouddha l'a clairement expliqué, pleins de convoitise, nous n'en continuons pas moins, de par notre égoïsme, à ne songer qu'à accumuler des biens.

Bien ou mal, sans le savoir, de par notre égocentrisme nous entretenons de vains espoirs et des doutes. On part en guerre et l'on risque sa vie en pensant s'en tirer d'une manière ou d'une autre, vivre encore un jour pour se battre, toujours par autolâtrie. Face au moindre problème, on blâme aussitôt l'abbé, notre maître, l'ami ou les parents. Notre égotisme est sans vergogne. Nous sommes jaloux des supérieurs, en concurrence avec nos égaux, et fiers ou arrogants envers ceux qui nous sont subalternes. Nous sommes heureux des louanges, et irrités des critiques. Comme un cheval débridé, nos émotions échappent à tout contrôle – tout cela en raison de notre attitude égoïste.

Nous sommes tellement égocentrés qu'en apercevant un rat courir sur notre oreiller, on a peur qu'il nous morde l'oreille. En entendant un coup de tonnerre, on craint qu'il nous tombe sur la tête. En un lieu hanté, notre premier souci est de ne pas être saisi par les esprits malins qui y résident. Notre peur découle de l'égocentrisme. D'aucuns souffrent parce qu'ils ne veulent pas entendre les mauvaises nouvelles, d'autres parce qu'ils sont incapables de contenir leurs ennemis ou de soutenir leurs proches. À chaque fois, l'égoïsme est à la source.

Tous nos malheurs viennent de l'indiscipline de l'esprit. Il est indocile en raison de notre attitude égoïste. C'est comme l'aconit, la source du poison. Il crée une gerbe d'émotions tels l'espoir ou l'anxiété, et à cause d'elles, nous sommes constamment confrontés à l'insuccès et aux calamités. D'ordinaire, on montre les autres du doigt, leur faisant porter le chapeau de ce qui tourne mal. Pourtant, la vraie racine du problème, la source de tous les troubles, l'origine de tous les mauvais augures, c'est l'attitude égocentrique qui habite imperturbablement nos cœurs. Depuis des temps sans commencement, nous l'avons loyalement suivie. Donc, c'est nous-même qu'il faut blâmer pour nos fautes.

Afin de transformer notre esprit, il nous faudrait suivre l'exemple pratique des grands maîtres kadampas. Tandis qu'il émiettait sa brique de thé, un guéshé se disait : « Puissé-je remporter la victoire sur l'égoïsme », tout en imaginant qu'il le hachait menu en même temps. Un autre disait : « Je m'en vais monter la garde au seuil de mon esprit armé de la lance acérée de l'attention vigilante. Que l'autolâtrie attaque, j'attaque. Si elle se relâche, je me détends aussi. »

Guéshé Lang-ri Thang-pa disait : « Laissez bénéfice et victoire aux êtres sensibles. » Pourquoi ? Parce que toutes les qualités excellentes ainsi que le bonheur en adviennent. « Prenez sur vous pertes et défaites. » Pourquoi ? Parce que toute souffrance et nuisance viennent d'un trop-plein d'amour pour soi-même.

Il importe de reconnaître les errements d'une attitude autocentrée et de la considérer comme adverse. Vous pouvez être en plein désastre et dans la misère la plus noire, mais si vous savez que la source de la calamité gît dans votre idée fausse de soi et dans votre attitude égocentrique, vous saurez que votre tâche première est de les détruire. Les facteurs extérieurs défavorables cesseront alors d'avoir prise sur vous, et l'incessant courant de peur, d'espoir et d'anxiété s'apaisera. Ainsi libéré, vous pourrez vous détendre.

À moins d'être à même de pratiquer de la sorte, vous aurez beau vous faire moine ou nonne et user une charge de yack d'habits monastiques, ou avoir reçu mille fois la coupe d'initiation placée sur votre tête, ou encore passer toute votre vie à écouter le dharma, vous ne deviendrez pas un pratiquant du Grand Véhicule. En revanche, si vous pouvez appliquer ce qui a été enseigné, vous deviendrez un adepte du Grand Véhicule. Votre esprit s'élargira. Vous serez en mesure d'élever autrui et de développer une grande sagesse.

Si les Bouddhas des trois temps, du passé, du présent et de l'avenir, avaient à expliquer au fil des siècles les inconvénients et les travers de l'égocentrisme et des émotions aliénantes qui en découlent, ce serait sans fin. Cependant, la brève explication que nous venons de passer en revue suffit à attirer votre attention sur les méfaits de l'autolâtrie. Cela devrait vous inspirer à l'éliminer.

Stimulées par les événements extérieurs et nos divers projets d'avenir, nos expériences passées ont une base commune dans l'esprit. La nature de l'esprit est pure clarté et lumière. L'expérience passée n'est plus maintenant qu'un objet de la mémoire. Nos plans à venir ne sont que spéculation. Ces événements passés et futurs sont simplement des créations de l'esprit. Par conséquent, toutes nos expériences, positives ou négatives, nuisibles ou bénéfiques, sont créées par l'esprit. Le maître indien Chandrakīrti disait :

Les mondes divers des êtres sensibles
et leurs environnements sont créés par l'esprit.
Tous les êtres sensibles sont produits par l'action,
mais en l'absence d'esprit, foin des actions.

Toutes nos expériences disparates sont des manifestations de l'esprit. Les actions sont commises selon que l'esprit est pacifié ou rebelle, positif ou négatif. L'ambiance intérieure, le corps physique individuel et l'endroit où il demeure, l'environnement extérieur, adviennent de par la force de l'action. La qualité de cette action dépend de votre esprit, discipliné ou non. Partant, la myriade de degrés de bonheur ou de souffrance, et la structure même de l'environnement dépendent étroitement de l'esprit, qu'il soit indompté ou maîtrisé. D'où l'importance particulière de l'avis concernant la discipline de l'esprit.

En général, la religion peut être pratiquée physiquement et verbalement. Mais sa pratique essentielle vise à transformer l'esprit. Ce qui veut dire empêcher l'esprit indiscipliné, inapaisé et indocile de prendre le mors. Cela signifie graduellement modeler l'esprit ignorant, comment cultiver les causes du bonheur ou éliminer la souffrance, alors que c'est précisément ce que nous désirons.

L'esprit ne saurait être transformé de force, en employant couteaux ou fusils. Il peut paraître faible, sans couleur ni forme, tandis qu'en fait il est coriace et souple. Le seul moyen de le changer est de l'utiliser lui-même. Car seul l'esprit est apte à discerner ce qu'il faut faire et ce qu'il faut écarter. Ainsi, les ténèbres de l'ignorance peuvent être dissipées. Lorsque l'esprit est en mesure de voir tant les bienfaits temporaires et ultimes de s'engager dans le bon chemin que les défauts des méfaits malencontreux, on est capable d'agir comme il convient.

Quand nous autres bouddhistes prenons refuge dans le Triple Joyau, nous tendons à nous réfugier en quelqu'un d'autre, le Bouddha et ses qualités. Le vrai refuge cependant est le dharma de la cessation véritable et le vrai sentier auxquels nous aurons à accéder nous-mêmes à l'avenir. Afin d'atteindre personnellement à ces qualités, à présent nous prenons refuge en quelqu'un qui a déjà réalisé la connaissance et éliminé ce qui est négatif. Nous cherchons à nous instruire des expériences des Bouddhas et les prions de nous guider, en répandant sur nous leurs bénédictions et leur protection. Ce qu'il importe de comprendre, c'est que notre avenir est entre nos mains. Comme l'a dit le Bouddha : « Je vous ai montré la voie du nirvana, mais le nirvana dépend de vous. »

Dans ce contexte, la bénédiction signifie améliorer notre esprit. Quand nous demandons à quelqu'un de nous bénir, on demande en fait à cette personne de nous aider à perfectionner notre esprit. Si bien que, comme pratiquants religieux, il nous faut savoir d'abord et avant tout que « ma pratique consiste à discipliner et transformer mon esprit ». Sinon, on pourrait penser que la pratique du dharma signifie accomplir des rituels, battre tambour ou frapper des cymbales, voire simplement lire des Écritures. Ces choses-là sont accessoires à la pratique principale, qui consiste à modifier ou changer l'esprit.

Il existe des relations historiques de méditations de maîtres kadampas sur les étapes du sentier spirituel. Ils commençaient par réciter leurs prières à l'unisson. Puis ils demeuraient complètement silencieux, en méditation profonde, comme s'ils étaient endormis. De même, des connaissances de feu lama Khun-nu m'ont raconté qu'à chaque fois qu'ils allaient le voir, ils le trouvaient d'ordinaire le pan de sa robe sur la tête, en contemplation profonde. Ils ne le surprenaient pas en train de prier à haute voix. Et pourtant, dès que quelqu'un s'approchait de lui, il se découvrait aussitôt pour s'enquérir de ce que voulait le visiteur.

Des gens comme lui sont d'authentiques pratiquants. Au lieu de réciter prières et mantras à haute voix, ils veillent leur esprit. Quand le courant est positif, ils s'en réjouissent et s'efforcent de l'amplifier ; et quand il est négatif, ils appliquent des antidotes. C'est comme ça qu'ils passent leur temps, à observer l'esprit et à entretenir une vigilance ininterrompue. Bien entendu, au début, c'est très difficile. Certains pratiquants de mes connaissances m'ont dit qu'il était plus difficile d'observer l'esprit que d'être enfermé dans une prison chinoise. Telle était leur propre expérience. Méditer sur un point, ce qui signifie focaliser toute son attention sur un seul objet sans l'analyser, est très difficile. En tout cas, la difficulté est proportionnelle à la familiarité que l'on a de cette pratique.

En s'exerçant de la sorte pendant longtemps, il est sûr et certain que l'esprit se développe graduellement. Je suis sûr que certains d'entre vous en ont fait l'expérience. La plupart d'entre nous en sont encore au niveau ordinaire de développement. Mais si vous comparez votre attitude présente à votre conduite passée, quand vous n'étiez pas influencé par la pratique du dharma, vous devriez relever quelque différence. Je suis persuadé qu'en nous y efforçant, nous pouvons tous améliorer nos esprits. Le texte dit :

Méditez la bienveillance de tous les êtres sensibles.

Les êtres sont extrêmement bons envers nous. Le grand maître indien Chandrakīrti estimait que la compassion était importante au début, au milieu et à la fin de la pratique. Elle est créée par la réflexion sur l'impuissance et la souffrance des êtres sensibles. La compassion est le désir qu'ils en soient affranchis. Si les êtres sensibles n'existaient pas, nous n'aurions pas de fondement pour la générer.

Les défauts de notre attitude égocentrique et les bienfaits de se soucier d'autrui sont expliqués dans *L'Offrande au maître spirituel* :

Cette maladie chronique de l'égocentrisme
est la cause de souffrance indésirable.
En le percevant, puissé-je être inspiré à blâmer, à contrecœur,
et à détruire ce monstrueux démon de l'égoïsme.
Soucieux de mes mères et cherchant à leur assurer la félicité
Tel est le seuil de l'infinie vertu.
Voyant cela, puissé-je être inspiré à les chérir plus que ma
[vie
quand bien même elles se présenteraient sous des traits
[ennemis.

Il importe de penser à maintes reprises aux bienfaits de la sollicitude à l'égard d'autrui et aux méfaits de l'égotisme. Vous pouvez le faire en réfléchissant à votre expérience personnelle, en observant les autres et en lisant. Deux personnes peuvent lire le même ouvrage, mais en raison de leur attitude différente, chacune en tirera une signification distincte. À la lecture, une personne commune tendra à développer un attachement plus fort ou de la haine. Une personne de certaine expérience de l'esprit éveillé sera à même de lire la même histoire en termes de bénéfice en œuvrant pour autrui. Et pour quelqu'un se trouvant à un stade plus poussé de transformation mentale, quelle que soit l'histoire, elle lui sera enseignement. Pour une telle personne, même l'expérience quotidienne sera source d'enseignements spirituels. C'est ce que signifie être en mesure de percevoir une instruction en toute chose visible.

Nombre de moyens existent d'observer les défauts de l'égocentrisme, les avantages de se soucier d'autrui ainsi que l'esprit juste de se mettre à la place des autres. Voici ce qu'en dit succinctement *L'Offrande au maître spirituel* :

En bref, les niais travaillent seulement à leurs propres fins
tandis que les Bouddhas œuvrent uniquement pour les [autres.
Comprenant ce qui les distingue entre défauts et vertus,
puissé-je être inspiré à pouvoir accomplir l'échange avec [autrui.

La différence entre les êtres puérils immatures lancés à la poursuite de leurs seuls intérêts et les Bouddhas pleinement éveillés œuvrant pour autrui est facile à saisir. Les êtres ordinaires futiles comme nous consentent pleinement à la domination de l'attitude égocentrique. Percevant les défauts de l'égoïsme, les Bouddhas s'impliquent volontairement dans le bien-être des autres. Se mettre à la place d'autrui ne signifie pas simplement penser aux autres comme à soi-même, et à soi-même comme à autrui. Cela veut dire appliquer à ses semblables sa propre attitude de se considérer soi-même comme très précieux et les considérer eux comme très précieux. Votre attitude antérieure d'insouciance à leur égard doit maintenant s'appliquer à vous-même.

Cela ne veut pas dire pour autant qu'il ne vous faut plus du tout songer à vous-même. Simplement, dans le contexte de servir autrui, vos propres intérêts viennent ensuite. Si vous devez choisir entre vos intérêts et le bien-être des autres, celui-ci passe en premier. En bref, en vous mettant à la disposition d'autrui, vous trouverez le bonheur dans cette vie et dans les prochaines, et finalement, vous accéderez à l'omniscience.

Si vous utilisez les autres à vos propres fins, vous vous ferez beaucoup d'ennemis et on dira du mal de vous. Votre orgueil gonflera. Quand l'arrogance croît, la jalousie monte. On attrape les dents longues, on devient méprisant à l'égard d'autrui et insolent envers les supérieurs. Donc, en ayant une haute opinion de vous-même et une piètre d'autrui, dès cette vie vous vous heurterez à une kyrielle de calamités. Lorsque vous mourrez, tous ceux qui vous connaissent s'en réjouiront en disant : « Bien fait pour lui ! » D'aucuns iront même jusqu'à dire que ce n'est pas trop tôt.

En revanche, si vous êtes disponible aux autres et les considérez d'importance première en vous efforçant par tous les moyens de leur venir en aide, chacun vous tiendra en amitié et vous chérira. Quand on parle des autres, cela ne signifie pas nécessairement tous les êtres sensibles, car l'on ne saurait être réellement lié à tous. Cela veut dire qu'il convient au mieux de ses possibilités d'aider ceux avec qui l'on vit et auxquels on est associé. Alors, en cas de difficultés, tout le monde se portera à votre secours. Si vous tombez malade, on prendra soin de vous, ne serait-ce que pour vous apporter un verre d'eau. Et au jour de votre mort, chacun ressentira la perte et dira : « Hélas, nous avons perdu un ami cher, il ou elle va nous manquer. » Telle sera votre expérience dans cette vie. Et dans les prochaines, étant donné votre mérite accumulé en vous préoccupant d'autrui, votre bonheur ne fera que s'accroître.

Ainsi donc, nul besoin de citer les Écritures ou d'invoquer la raison logique pour établir le bien-fondé des avantages de se soucier de ses semblables et des désavantages de l'égocentrisme. Notre expérience quotidienne en témoigne d'abondance. Dotés d'une intelligence humaine, qui que nous soyons, on comprend l'importance de faire ce qui est bénéfique à long terme.

Quand bien même depuis des temps sans commencement nous n'avons pensé qu'au bonheur et à éviter la souffrance, notre condition actuelle saute aux yeux. Que nous ayons un statut supérieur ou inférieur, que nous soyons riche ou pauvre, chaque jour nous sommes confrontés à une foule de difficultés ou de malheurs. À chaque rencontre, on s'interroge mutuellement sur la santé de l'interlocuteur. Le début de la conversation peut être agréable, mais si on a le temps de bavarder à l'aise, des griefs vont inévitablement faire surface.

Durant des temps incommensurables, nous nous sommes égoïstement chéris nous-même, mais la voie que nous avons suivie est celle de l'obstination du fou. En conséquence, nous n'avons obtenu rien qui vaille à quoi se fier aujourd'hui. Maintenant, nous avons l'occasion d'étudier ces enseignements précieux, ainsi que le potentiel de distinguer entre ce qu'il convient de faire et ce qu'il faut laisser tomber. Il nous faut reconnaître notre ennemi juré en l'attitude égocentrique et ne pas se laisser piéger. Il faut lui déclarer la guerre de toutes nos forces. Constatant que se préoccuper d'autrui est la source de toutes les qualités positives, il nous faut faire tout ce qui est en notre pouvoir pour cultiver cette orientation. Assumer la responsabilité du bien-être des autres auparavant négligés s'appelle l'échange avec autrui.

En vue de conforter la détermination, on enseigne la pratique dite de donner et prendre. Se concentrer en prenant sur soi les souffrances des autres fortifie la compassion, et se focaliser sur le don de son propre bonheur à autrui alimente le sens de l'amour. Ainsi, donner et prendre se rattache à la méditation de la compassion et de l'amour. Selon certaines instructions, il faut commencer par la pratique de prendre, donner vient ensuite. D'autres disent le contraire.

Quelle que soit votre manière, prendre avec compassion et donner avec amour conforte la résolution spécifique de libérer tous les êtres de la souffrance, ce qui mène à l'éveil de l'esprit.

Générer amour et compassion est d'extrême importance au début de la pratique, au milieu et à la fin, quand vous accédez à la bouddhéité. Ce n'est qu'en atteignant à l'éveil plénier d'un Bouddha que l'on est en mesure de satisfaire les desseins des êtres sensibles. De fait, les pratiques, comme les quatre moyens de réunir des disciples (donner, bien parler, enseigner et agir conformément aux enseignements) et les six perfections (générosité, discipline, patience, effort, concentration et sagesse), sont accomplies en fonction des êtres sensibles. Toutes les pratiques fructueuses du Grand Véhicule adviennent liées au souci du bien-être d'autrui. Donc, lorsque votre regard se pose sur l'autre, songez : « L'éveil plénier pour moi passe par des gens comme ça », et considérez-le ou la avec amour et compassion.

Tout comme vous seriez en mesure d'engranger de bonnes récoltes en plantant des graines saines dans un sol fertile, en appréciant les êtres, vous ferez mûrir une belle moisson de bouddhéité. En affectionnant le bien-être d'autrui, vous pourrez accéder à la fois à une meilleure naissance et au plein éveil d'un Bouddha. Les souffrances diverses subies par les animaux, les spectres affamés et les habitants des enfers résultent de maux infligés aux êtres sensibles. À négliger leur bien-être, on encourt des peines comme manger ou être mangé par d'autres, la soif et la faim, ou encore d'incessantes douleurs accablantes.

À l'évidence, certains êtres peuvent vous sembler très nuisibles. C'est principalement le résultat de vos propres activités négatives, stimulées par les émotions aliénantes de plusieurs vies. Les maux que vous avez vous-même infligés à autrui dans le passé agissent en tant que condition auxiliaire. Lorsque causes et conditions sont activées et que des pensées négatives viennent à l'esprit d'autres êtres sensibles, ils vous nuisent. Néanmoins, ceux qui vous font du tort aujourd'hui ont été votre mère à maintes reprises au cours des vies passées. Dans d'autres vies, quand ils étaient nés animaux, vous avez mangé leur chair, bu leur sang, rongé leurs os, utilisé leur peau, sucé leur lait, etc. Si le temps vient où ces êtres vous posent quelque problème, il vous faut être plus attentif à leur rendre les bontés qu'ils vous ont témoignées. Manifestez-leur gratitude et amour, souhaitez-leur d'être heureux. Réfléchissez que tout en vous faisant du tort, ils vous donnent l'occasion de générer la patience. C'est là un exemple de comment cultiver les six perfections par rapport à la bienveillance des êtres.

Ce sont les humains qui peuvent vous mettre entre les mains la bouddhéité. Qu'ils vous soient ami ou ennemi, si vous êtes en mesure de les percevoir plutôt en amis spirituels qu'en objets provocateurs d'émotions perturbatrices, vous serez heureux n'importe où. Vous tenez pour très bienveillant le maître spirituel vous faisant don des enseignements qui sont une cause de libération et d'éveil. De même, il vous faut aussi vous souvenir des bontés de ceux qui vous donnent la chance de développer votre patience. L'oublier, c'est comme si l'on vous offre un mets délicieux et que vous crachez dessus.

Si vous êtes en mesure de pratiquer de la sorte, alors, à en croire un vieil adage, « avec courage vous serez capable de traverser une plaine d'épées, car vous trouverez toujours des armes sous la main », ou encore « en route vers l'île aux trésors en quête de pierres précieuses, vous en découvrirez tellement que vous ne trouverez pas le moindre caillou à lancer pour éloigner les chiens ». Vous ne perdrez pas un seul instant à ne pas exercer votre esprit, rien ne fera obstacle à votre pratique. Il vous faut cultiver la longanimité imperturbable même face à une opposition ou à un tort. Plus l'on vous attaque, plus vous devez être capable de développer patience et compassion envers qui vous porte préjudice. Si vous êtes en mesure de le faire, même assiégé par des adversaires, ce sera source de mérite et de compassion. Telle est la pratique vers laquelle convergent tous les enseignements. Votre pratique sera la panacée à tous les maux. Si vous entraînez l'esprit de la sorte, peu importe le nom que vous donnez à l'exercice. La déesse Palden Lhamo a une centaine de noms et un millier de caractéristiques : que vous l'appeliez par l'un ou l'autre, c'est toujours son nom. Ce conseil de transformer l'infortune en voie d'éveil est une fois encore succinctement exprimé dans *L'Offrande au maître spirituel* :

Bien que le monde et ses êtres soient pleins des fruits des [méfaits
et que des souffrances indésirables tombent en pluie sur moi,
inspire-moi à y voir des moyens d'épuiser les résultats des [actions négatives
et à prendre ces conditions misérables pour sentier.

Où que nous vivions et quels que soient nos associés, toujours on grogne et l'on met en vedette ce qu'ils ont fait de travers. Il en résulte qu'on est constamment malheureux. Il n'est pas nécessaire de revenir sur les avantages de se soucier d'autrui et les désavantages de l'égocentrisme. Nul besoin d'y insister : voyez simplement la différence entre l'ordinaire des gens qui ne pensent qu'à eux et le Bouddha qui œuvre au bien des autres.

Il existe une différence entre les deux approches en vue de cultiver la préoccupation du bien-être des êtres sensibles. Vous pouvez les voir sous une lumière agréable en vous remémorant leurs bontés à votre endroit au cours de plusieurs vies. Vous leur rendez la pareille parce qu'ils vous ont été bénéfiques. N'empêche, cette attitude frise l'opportunisme : « Je prends soin de vous, car vous avez été bon envers moi ; sinon, pourquoi m'en ferais-je ? » En revanche, lorsque vous cultivez ce souci d'autrui simplement parce qu'ils sont vos semblables dans la recherche du bonheur sans vouloir souffrir, vous ne pensez pas qu'ils vous ont été ou non utiles. Vous songez simplement qu'ils sont de même nature que vous, et qu'ils ont le même droit que vous au bonheur et à éviter la souffrance. Je crois que, pour certains, cette manière de penser sera plus efficace et plus utile. En vous comparant à d'autres, encore que vous ayez droit au bonheur, vous n'êtes qu'un seul, alors que les êtres sont en nombre infini. Non seulement votre bonheur et vos souffrances sont liés aux autres, mais plus vous les aiderez, plus vous serez heureux. Plus vous leur faites de mal ou vous les négligez, plus misérable vous serez. Donc, sacrifier ses propres intérêts au profit de la majorité est une approche plus intelligente. Telle est, brièvement, la manière de pratiquer l'échange de soi avec autrui.

On peut prendre à cœur de cultiver l'éveil de l'esprit en méditant d'abord l'amour, puis la compassion. Le texte dit :

Pratiquez une combinaison de donner et de prendre.

On médite l'amour par la méditation sur le don de son corps, de ses richesses et de ses qualités positives aux autres êtres sensibles. En les consacrant à autrui, cela servira à quelque chose. À les garder pour soi en les protégeant jalousement, cela n'apportera que frustration. D'abord, il convient de réfléchir aux avantages d'exercer l'esprit à générer la bienveillance en faisant don de toutes ces choses. Un sūtra dit que, quand bien même l'on ferait des offrandes aussi nombreuses que les innombrables royaumes de l'univers aux myriades d'êtres suprêmes, les bénéfices ainsi accumulés ne seraient pas comparables à ceux issus de la génération ne serait-ce que d'un seul moment d'amour. Pour sa part, Nāgārjuna dit que le mérite accumulé en méditant de la sorte ne fût-ce qu'un instant surpasse celui gagné en faisant don de trois cents bols de nourriture trois fois par jour à ceux qui ont faim.

Quand on rencontre la maladie ou n'importe quelle cause de malheur, au lieu de méditer l'amour et la compassion, nous autres Tibétains avons tendance à dire qu'on est la proie d'esprits malins. Pour un pratiquant bouddhiste, c'est catastrophique. Nous affichons ne pas croire en des forces de création extérieures. Et pourtant, au lieu de penser au pouvoir de notre propre esprit, toujours rendre responsable des forces négatives de nous perturber, c'est en soi une grande perturbation. Dire que l'on ne croit pas en un dieu créateur et, en même temps, agir comme si tous nos succès étaient dus au bon plaisir des esprits et toutes nos souffrances étaient créées en les mécontentant, c'est diluer le dharma. Il peut arriver parfois que nos difficultés soient l'œuvre d'esprits mauvais. N'empêche que la source principale de trouble se trouve en nous-même. Nous faisons des expériences négatives en raison de nos actions négatives.

Parfois, quand on pense que des forces négatives ou des esprits malins interfèrent dans nos affaires, on essaie d'y mettre fin en demandant à quelqu'un d'accomplir un rituel. C'est censé les expulser. Pourtant, la vraie méthode de surmonter de tels problèmes, c'est de s'adonner à des pratiques de bienveillance et de compassion. Parfois, s'il m'arrive de découvrir que certains esprits nuisibles sont à l'œuvre, je médite délibérément l'amour et la compassion pour eux. J'ai le sentiment que ça aide. Cette méditation est notre meilleure protection.

Un bodhisattva qui s'en est allé méditer dans la solitude se retire en lui ou en elle-même et médite du fond du cœur comment aider autrui. Il y a deux aspects à cette méditation : donner aux êtres sensibles qui vivent dans le monde, et donner à l'environnement où ils habitent. Il est évident qu'au début, on peut ne pas être en mesure de se départir de son corps. On ne devrait d'ailleurs pas le faire tant que notre pratique aussi bien de la méthode que de la sagesse n'est point stable et profonde. Mais sans se familiariser ne serait-ce qu'avec l'idée, il sera malaisé de développer le courage nécessaire de le faire. Aussi, pour commencer, on peut se visualiser en train de donner son corps. Comment s'y prendre ?

Tout d'abord, réfléchir à ce que tous les êtres sensibles sont pareils dans leur volonté de bonheur et dans leur refus de la souffrance, et comment ils sont privés de ce bonheur. Quand vous le ressentez profondément, au tréfonds de vous-même, pensez combien il serait bon d'être en mesure de les rendre heureux. Du fond du cœur, consacrez-leur toutes vos qualités positives, physiques, mentales et verbales ; vos biens et possessions, en souhaitant qu'ils trouvent le bonheur et tout ce dont ils ont besoin. Imaginez que vous métamorphosez vos qualités positives selon les nécessités des êtres les plus divers, quels qu'ils soient, même des créatures des huit enfers chauds ou des huit enfers froids. Songez ensuite que satisfaire leurs besoins devient une condition favorable à leur entrée dans la pratique du Grand Véhicule.

Lorsque vous méditez le don de votre corps à autrui, ne le visualisez pas sous forme impure de sang, de chair, etc. Il vous faut mentalement le transmuer en un joyau-qui-exauce-tous-les-désirs, puis vous pouvez en faire don sous n'importe quelle forme utile aux êtres sensibles. Visualisez votre corps transformé en nourriture pour ceux affligés par la faim. Visualisez-vous en tant que protecteur pour ceux qui sont sans protection, ou en tant que guide pour ceux qui se trouvent sur une route peu familière.

De la même manière, visualisez de faire don des conditions intérieures nécessaires à la pratique de la voie, telles la foi, la diligence, la concentration et la sagesse. Après avoir formé les conditions et facilités intérieures, imaginez que vous leur donnez les conditions extérieures de la pratique, comme un maître pleinement qualifié du Grand Véhicule et les Écritures. Il vous faut imaginer que les désirs immédiats de tous les êtres sensibles sont exaucés. Il en résulte qu'ils sont capables de surmonter la force de leurs émotions fourvoyantes. En bref, il vous faut penser qu'ils sont à même de générer amour et compassion, la cause première de l'éveil de l'esprit. Ils peuvent s'engager dans la pratique des six perfections : générosité, éthique, patience, effort, méditation et sagesse. Ils peuvent réunir les deux accumulations de mérite et de discernement, et accéder ainsi à l'éveil plénier d'un Bouddha. Alors que vous achevez la visualisation de chacune de ces étapes du don, cultivez un sens profond de joie.

Vous pouvez également visualiser de donner votre corps transformé aux êtres sensibles subissant des souffrances particulières, ceci afin de les alléger. Pour les habitants des enfers chauds, il convient d'imaginer comment amoindrir les ravages de la chaleur. Pour les spectres affamés et assoiffés, il faut imaginer d'abord de les débarrasser de leur crainte immédiate de ne pas avoir assez à manger et à boire. Puis, imaginez de les conduire pas à pas vers le chemin de l'éveil. Ainsi, vous pouvez d'abord songer à atténuer les souffrances spécifiques des êtres dans chacun des six royaumes d'existence (dieux, demi-dieux, humains, animaux, spectres affamés et créatures infernales). Ensuite, menez-les palier par palier sur la voie spirituelle et faites en sorte qu'ils accèdent au plein éveil d'un Bouddha.

De par la force de votre esprit éveillé et le pouvoir de vérité, conviez en votre présence tous ceux à qui vous avez nui. Dites-leur que depuis des temps sans commencement, ils ont été votre mère à maintes reprises, qu'ils vous ont alors été bénéfiques et vous ont protégé de bien des souffrances. Dites-leur qu'il est maintenant de votre responsabilité de le leur rendre, et demandez-leur de prendre tout ce qu'ils désirent, quand bien même ce soit votre chair, votre sang, vos os ou votre peau. Développez un solide sens de compassion à leur endroit et donnez-leur ces choses-là. Souvenez-vous de leurs bontés à votre égard, et rappelez-vous vos dettes envers eux, en songeant que le temps est venu de les payer. Donnez à ceux qui cherchent abri, nourriture, richesses et habits tout ce qu'ils désirent, les autorisant à s'en servir à leur guise. Imaginez qu'ils apprécient vos dons, que leurs souhaits sont ainsi exaucés, et qu'ils sont enfin satisfaits. Imaginez que cela apaise leurs intentions malignes et rend leur esprit réceptif à la pratique du dharma, les menant finalement à la jouissance de la félicité de l'éveil. Bien que les êtres sensibles veuillent le bonheur et éviter la souffrance, ils ne savent même pas comment s'y prendre pour accomplir leurs vœux. Imaginez qu'en transformant votre corps, vos biens et ainsi de suite, vous leur donnez ce qu'ils recherchent, de même que la marche à suivre pour se trouver eux-mêmes.

Le second groupe à qui vous pouvez faire don de votre corps est celui des êtres déjà engagés sur la voie. Songez à aider ceux qui aspirent à la libération à trouver les facilités extérieures et intérieures nécessaires. Imaginez que vous transmuez votre corps en facteurs les inspirant à suivre la voie du Grand Véhicule, qui culmine par l'accession à la bouddhéité. Puis offrez votre corps à la lignée des maîtres spirituels et des Bouddhas des dix directions (nord, est, sud, ouest, nord-est, nord-ouest, sud-est, sud-ouest, zénith et nadir). Vous pouvez visualiser votre corps multiplié en d'innombrables lampes à beurre allumées, ou visualisez-le en d'innombrables émanations en train de se prosterner. De la sorte, vous pouvez faire des myriades d'offrandes aux objets sacrés du refuge.

Puis vient la pratique du don à l'environnement. Pensez une nouvelle fois à votre corps transformé en joyau-qui-exauce-tous-les-désirs, qui puisse affranchir tout l'environnement des traits négatifs, comme des terres arides, des buissons d'épines ou des champs pierreux. L'ensemble du site devient purifié et agréable. Même le murmure de la brise dans les arbres inspire les êtres sensibles à s'engager dans la pratique du dharma. Quand vous en arrivez à l'exercice du don de vos richesses et de vos biens, imaginez que vous les métamorphosez en objets aptes à satisfaire les êtres. Une fois reçus, ils serviront d'inspiration à s'engager dans la pratique du dharma.

C'est ensuite au tour de vos vertus d'être distribuées. À la différence de la séquence précédente où vous vous départissiez d'objets en votre possession, vous pouvez consacrer aux autres la vertu que vous avez créée, que vous êtes en train de créer et que vous allez créer. Il vous faut vous souvenir des actes de vertu de votre corps, de votre parole et de votre esprit, de choses aussi simples que de nourrir un animal jusqu'à la génération de l'esprit éveillé, avec une admiration enjouée. Visualisez que vous en faites don à tous les êtres sensibles. Il est très important de générer d'abord bienveillance et sollicitude à leur égard. Alors qu'ils aspirent au loisir et au bonheur, ils sont au contraire dans la douleur et le désespoir, écrasés par la souffrance et ses causes. Imaginez que vous soulagez tous les êtres de tous les mondes de leurs misères par le don de vos excellentes qualités. Pensez que chacun d'eux acquiert les conditions et les causes de l'éveil.

Pareille méditation sur la générosité n'aide peut-être pas immédiatement autrui en termes pratiques, mais sa valeur ne saurait être sous-estimée. Par de telles pratiques, on cultive le courage d'être véritablement généreux. Le but d'exercer ainsi l'esprit au don est de nous défaire des griffes de l'avarice. Il est possible qu'à présent, nous ne soyons guère en mesure d'œuvrer pratiquement au bien-être des autres, mais il importe grandement de nous habituer à avoir une attitude généreuse. En le faisant en imagination, le don nous devient familier. Le temps viendra où nous n'aurons plus la moindre hésitation à donner pour de vrai.

Plus on réfléchit à quelque chose, mieux l'esprit en prend connaissance. Le moment arrivera où, automatiquement, il prendra cette direction. Quand bien même vous n'êtes pas en mesure ici et maintenant d'œuvrer au profit d'autrui, il faut y préparer l'esprit. Quiconque y songe finira par le mettre en pratique. Répéter mentalement cet exercice et s'en réjouir mènera à vous engager pas à pas dans la pratique réelle du don. Quel bénéfice attendre de cette visualisation ? Si vous avez un lien karmique avec l'autre, ne serait-ce que cette visualisation peut lui venir en aide. Ceux avec qui vous n'avez pas de relation karmique particulière peuvent ne pas en bénéficier directement, mais vous, vous serez à même de fortifier ainsi votre esprit.

Maintenant que vous avez visualisé le don de votre corps, de vos richesses et de vos qualités spirituelles, que vous les avez consacrés à tous les êtres sensibles, pouvez-vous continuer à les utiliser ? Dès lors que vous l'avez fait sincèrement, quand vous-même vous en servez, il convient de ne pas le faire de manière égoïste ou possessive, mais au profit d'autrui. Il faut songer que, dans la mesure où vous avez mis votre corps et le reste à la disposition des autres, votre propre survie est tout bénéfice pour eux. Il n'y a rien à redire à utiliser vos richesses si c'est fait en fonction d'une attitude mentale adéquate. Vous pouvez vous inquiéter de ne consacrer tout cela qu'en imagination aux autres, alors qu'en fait, vous les gardez par-devers vous. Vous pouvez vous demander que signifie dès lors les consacrer à autrui ? Cela veut dire se dégager de l'emprise de l'avarice, qui est un produit de l'égocentrisme.

Les pratiques du don et de la prise en charge sont complémentaires. Il convient de les alterner. Pour nous motiver, il nous faut songer d'une part au sort des êtres sensibles, et de l'autre, aux avantages de la compassion. Les êtres sont sous l'influence d'émotions aliénantes comme l'ignorance, le désir, l'animosité et la jalousie. En conséquence, ils ne sauraient jouir du bonheur qu'ils souhaitent, alors qu'ils sont constamment en butte aux douleurs les plus diverses. La compassion est la source de l'éveil de l'esprit, qui active d'autres actions méritoires.

Le Bouddha a dit que les bodhisattvas peuvent ne pas être en mesure de s'engager dans des pratiques nombreuses, mais qu'ils doivent affectionner une qualité en particulier. Et s'ils ont cette qualité-là, c'est comme s'ils avaient toutes les qualités du Bouddha dans la paume de la main. De quoi s'agit-il ? De la grande compassion. Où qu'elle soit, la doctrine du Bouddha s'y trouve. Dès l'instant où un bodhisattva possède la grande compassion, il aura toutes les autres nobles qualités. C'est comme la faculté de vie, dont la présence fait naître les facultés sensorielles. S'exercer à la compassion, c'est aussi bien que de pratiquer tout l'éventail des enseignements du Bouddha. Le grand érudit indien Chandrakīrti disait que, au début, la compassion, c'est la graine ; au milieu, l'humidité, tandis que le mûrissement réel du fruit de l'éveil en est l'aboutissement.

Nous avons naturellement en nous le potentiel de compassion. C'est pour cela que l'on réagit spontanément quand on voit quelqu'un accablé de douleur. Nous avons tous une graine de bon cœur. Il nous faut explorer et développer cette faculté en nous. Pour ce faire, il convient de surmonter colère et haine qui sont les produits de notre égocentrisme. C'est donc une pratique des bodhisattvas que de faire passer le bien-être d'autrui avant le sien. En adoptant cette attitude, compassion et bienveillance ont beau être très faibles au début, elles peuvent être développées à l'infini. Le but premier de prendre en charge la souffrance est d'éliminer l'autolâtrie. En l'appliquant avec constance, vous verrez que c'est une pratique efficace, l'une des techniques les plus puissantes pour contrôler l'égocentrisme.

En cultivant la compassion, il vous faut penser aux souffrances des êtres et réfléchir qu'en ce qui vous concerne, vous êtes à peine capable de tolérer le moindre mal. Les êtres sensibles ne veulent pas la douleur, mais en raison de leur ignorance, ils ne savent pas comment la surmonter. Le seul moyen de les aider est de créer une attitude mentale particulière, venue du fond du cœur, d'assumer la responsabilité d'éliminer leur souffrance. Il ne faut pas le faire en se disant : « En pratiquant le don et la prise en charge, c'est moi qui en bénéficierai en dernier ressort. » C'est la mauvaise motivation. Il faut songer aux souffrances d'autrui et générer l'intention de les prendre sur soi. Et quand vous pensez à vos qualités positives, il faut essayer d'en faire don ou de les partager avec autrui.

Sans cette pure motivation altruiste, vous aurez beau accomplir cette pratique tous les jours et croire qu'elle vous est bénéfique, elle ne vous réussira pas. En revanche, si vous pensez aider les autres et vous charger de leurs souffrances, toute difficulté rencontrée rendra votre pratique plus efficace. Prendre sur soi les souffrances d'autrui signifie songer à assumer leurs attitudes égoïstes, leurs maladies et les causes de celles-ci. Tout cela vous va droit en plein cœur.

De même, quand vous voyez un aveugle ou un unijambiste, visualisez au moins de lui faire don d'un œil ou d'une jambe. Accomplir sincèrement cette méditation réduira à coup sûr votre égocentrisme et confortera d'autant votre pratique.

Ce texte dit :

Don et prise en charge doivent être alternés,
Et il faut commencer par prendre de soi-même.

En vue de se familiariser l'esprit avec la pratique d'assumer graduellement la souffrance, il convient de commencer d'abord par la sienne. En premier lieu, penser à accepter toutes les souffrances futures, à les prendre en charge dès maintenant. Imaginez endosser dans cette vie les souffrances à venir dans les prochaines. Ensuite, envisagez de prendre sur vous dès cette année celles qui viendront durant le restant de vos jours. Puis, assumer aujourd'hui celles à venir jusqu'à la fin de l'année. Il faut se représenter accepter non seulement les souffrances elles-mêmes, mais également les causes et les conditions qui en sont responsables – l'illusion et les émotions perturbatrices. Imaginez après faire de même avec les souffrances d'autrui, y compris leurs germes et modalités.

Prendre sur soi ces souffrances ne signifie pas qu'il suffit d'imaginer les endosser pour qu'elles disparaissent simplement. Pas plus que vous vous en chargez juste pour les mettre de côté. Il vous faut penser les assumer jusqu'au fond du cœur : ce qui affecte tout spécialement l'égocentrisme qui y niche d'ordinaire. Imaginez que toutes les souffrances des autres, avec leurs causes et conditions, leur sont ôtées comme autant de touffes de cheveux noirs enlevées par un rasoir bien aiguisé. Imaginez ensuite que ces touffes vous vont tout droit en plein cœur. Pensez que tous les êtres sont délivrés de leurs souffrances, ainsi que de leurs causes et conditions.

Afin d'améliorer l'efficacité de votre méditation, il est bon de songer à des individus et à des mondes précis au lieu de penser en général à tous les êtres. Vous pouvez visualiser d'endosser les maux et leurs causes des êtres des royaumes célestes, puis de ceux du monde humain. Continuez la méditation en prenant sur vous les misères et leurs causes parmi les animaux, les spectres affamés et les créatures infernales. Il n'y a pas de règles rigides concernant le sujet de votre méditation. Vous êtes libre de varier selon vos goûts et votre développement spirituel. Parfois, on peut visualiser d'assumer toutes les souffrances et leurs causes de tous les royaumes d'existence en une seule session. D'autres fois, on peut préférer méditer d'assumer les maux d'un seul monde particulier durant quelques semaines ou quelques mois. On peut également imaginer de se charger des misères d'êtres engagés dans la voie spirituelle. Même les bodhisattvas, ayant accédé au dixième degré spirituel, gardent encore des empreintes de l'idée erronée du soi qu'il convient d'éliminer. Bien entendu, tel n'est pas le cas des Bouddhas, pas plus qu'il n'y a quelque chose à prendre en charge chez votre maître spirituel.

Quoi qu'il en soit, cette méditation vise à réduire et à éliminer l'attitude égocentrique, ainsi qu'à promouvoir et encourager la pensée de sollicitude envers autrui. La pratique doit jaillir du fond du cœur. Elle ne doit pas être contaminée par l'amour-propre, en songeant que cette bonne action vous rapportera paix, bonheur et longévité. Ce que signifie ici souci des autres, ce n'est pas de les aimer par attachement, mais en réalisant clairement combien ils sont importants. En fin de compte, tous les êtres sensibles peuvent accéder à l'éveil plénier d'un Bouddha, car chacun en possède la nature intrinsèque. Vous appliquez simplement aux autres l'attitude que vous avez normalement envers vous-même.

La visualisation du don et de la prise en charge doit être pratiquée avec vigueur, afin qu'elle produise quelque effet sur votre attitude instinctivement égoïste. À terme, on en arrive à ressentir une forte aversion pour l'égocentrisme. Une fois bien développé l'amour pour les autres, on se demande spontanément que faire pour eux. Que votre activité au bénéfice d'autrui les rapproche ou non de l'éveil, cette visualisation aide réellement à renforcer la compassion et la bienveillance. On l'accomplit en rapport avec la respiration. Comme le dit le texte :

Les deux doivent s'effectuer à cheval sur la respiration.

En exhalant, visualisez le don de votre corps, de vos biens et des vertus des trois temps (passé, présent et avenir) aux êtres sensibles aussi innombrables que l'espace. Imaginez qu'ils accèdent à la félicité incorruptible. En inhalant, visualisez d'assumer souffrances et fautes des autres, ainsi que leurs causes, au cœur de votre cœur. Imaginez qu'ils sont complètement affranchis de la misère et de ses causes. Si vous êtes en mesure de vous exercer de la sorte, dès lors que l'esprit et la respiration iront de conserve, vous surmonterez la distraction et renforcerez l'attention vigilante, ce qui aura une influence positive sur votre méditation. En outre, même l'action courante de respirer deviendra un facteur de vos activités pour le bien-être d'autrui.

Notre effort ne saurait se limiter seulement à la session de méditation. Il nous faut également être alerte et consciencieux après. Quels que soient nos acquis spirituels durant la méditation, leur valeur est à prouver ensuite. De même, toute compréhension obtenue en période d'après-méditation doit rehausser et conforter celle-ci. Il est commun d'être sérieux pendant la méditation, mais de souffrir ensuite d'une espèce de laxisme en se laissant aller à des activités indisciplinées du corps, de la parole et de l'esprit. Il nous faut nous assurer de ne pas nous laisser ainsi piéger. Il importe à l'extrême de veiller à notre état d'esprit. Comme le dit le texte :

À propos des trois objets, des trois poisons et des trois vertus
l'instruction à suivre, en bref,
est de les prendre à cœur en toute activité.

L'esprit a le potentiel de créer toutes sortes de pensées et d'émotions négatives dès qu'il entre en contact avec les objets des sens. Lorsque vous rencontrez ou vous songez à quelqu'un qui vous ennuie, colère et hostilité surgissent. Quand vous tombez sur quelqu'un que vous voulez, le désir monte. En ces circonstances, il ne faut pas laisser les émotions fourvoyantes s'emparer de vous. C'est le moment de prendre l'avantage sur elles en fortifiant votre travail sur l'esprit. Il vous faut générer de la compassion pour tous les êtres affligés des mêmes maux. Pensez aux inconvénients des émotions aliénantes et aux conséquences déplaisantes qu'elles produisent. Formez le souhait que, de par votre expérience de la colère, tous les êtres en soient délivrés et esquivent ainsi la souffrance qui s'ensuit. Vous pouvez abonder dans ce sens par analogie lors d'expériences liées à l'attachement, l'ignorance, etc. À la fin, imaginez que tous les êtres jouissent de la paix et de la félicité. Dans l'ensemble, les bodhisattvas s'efforcent d'éviter l'apparition d'émotions perturbatrices. Quand elles surgissent naturellement, au lieu de déprimer, ils réfléchissent et prient afin que les autres êtres n'aient pas à souffrir des mêmes maux. Quoi que vous fassiez après la méditation – travailler, manger, être assis ou marcher – il convient de demeurer alerte et conscient.

Confronté à des situations diverses, surtout si vous menez une vie active dans la société, il ne faut pas vous laisser aller à devenir victime des circonstances. Au contraire, il convient de transformer des conditions adverses en facteurs d'exercice de l'esprit. Afin de vous en souvenir, il peut être utile de vous réciter des vers comme :

Puissent leurs méfaits s'épanouir sur moi
et toutes mes qualités fructifier sur eux,
toutes les souffrances des êtres mûrir sur moi,
et que de par mes mérites, ils soient heureux.
Quels que soient les maux dont ils souffrent,
qu'ils viennent à maturité uniquement sur moi.
De par toutes les vertus des bodhisattvas
que les êtres errants jouissent de félicité.

La pratique du don et de la prise en charge doit être entreprise avec détermination et un grand courage mental. Le grand Sha-ra-wa disait que si vous voulez réellement accoutumer l'esprit à cette instruction, votre pratique ne devait pas être simplement un roc dévalant une pente abrupte, pas plus qu'une eau tiède dans un étang stagnant. Elle doit être rouge comme le sang et blanche comme la caillebotte. Cela signifie que pour entraîner votre esprit, vous ne devez être ni timide ni hésitant ni craintif : il vous faut être pleinement décidé et résolu. Il faut savoir la différence entre noir et blanc. Si vous cherchez à réussir, il ne faut pas se lancer un jour dans l'entraînement de l'esprit, et faire autre chose le lendemain.

Une fois exercé à la bienveillance et à la compassion, vous pouvez vous demander pourquoi avoir besoin d'accéder à l'éveil plénier d'un Bouddha. Les grands êtres tendent à la libération personnelle, et les bodhisattvas du dixième degré d'évolution spirituelle possèdent une ample capacité à aider les autres. Néanmoins, ce n'est qu'en accédant à l'éveil complet qu'ils peuvent placer des êtres innombrables au-delà de la souffrance. En conséquence, il vous faut créer une puissante aspiration à parvenir au plein éveil d'un Bouddha, apte à accomplir tant vos propres desseins que ceux d'autrui.

Aujourd'hui, beaucoup d'entre nous doutent qu'il soit réellement possible d'accéder à la bouddhéité. Quand on en parle, l'on ne pourrait songer qu'au Bouddha Śākyamuni qui est apparu en ce monde il y a un peu plus de 2 500 ans. C'est pourquoi il importe de bien comprendre la nature de l'éveil. En premier lieu, il faut saisir la possibilité d'éliminer les défauts qui contaminent nos esprits. C'est ce qui rend possible l'accès à l'éveil. Une fois cela compris, nos efforts s'en inspireront en vue de générer l'esprit éveillé. En conséquence, il est dit que la sagesse se concentre sur l'éveil, et que la compassion se focalise sur les besoins des autres êtres sensibles. Une fois bien entendue la possibilité d'atteindre à l'éveil dans notre propre esprit, on aspire à y accéder.

Chapitre VI

DE L'ÉVEILLÉ POUR TÉMOIN

À ce point, générons formellement le précieux éveil de l'esprit. Cela exigera de nous de rester alerte, de réciter des prières et de suivre attentivement les visualisations.

La pratique suprême du dharma est celle du Grand Véhicule. Dans celui-ci, le développement de l'éveil de l'esprit, plus soucieux des autres que de soi-même, est fondamental. L'esprit éveillé est la source de tout ce qui est bon. Temporaires ou ultimes, tous les bonheurs adviennent spontanément et sans effort en fonction de lui. Même la plus légère sollicitude pour autrui est cause de bonheur et met les autres à l'aise. En revanche, si dans la course à notre seul bonheur, on mésestime le bien-être d'autrui et l'on est enclin à leur nuire, cela aura des conséquences négatives autant à long qu'à court terme. On se retrouvera isolé et sans ami, sans personne à qui faire confiance ou se confier.

En tant qu'humains doués d'intelligence, nous sommes en mesure de faire la distinction entre bienfait temporaire et ultime. Nous sommes capables de laisser de côté des buts médiocres pour parvenir à de plus grands. Faute de discernement, on s'empêtrera dans des affaires de moindre valeur et on sera incapable de planifier ou de penser plus loin. Grâce au pouvoir d'intelligence dont nous sommes dotés, si dans l'immédiat il nous faut affronter des problèmes afin d'accéder à un bonheur plus durable, on le fera volontiers. Dans une perspective plus vaste, on sera préparé à renoncer à des gains mineurs pour des desseins plus significatifs. Comme le dit un proverbe tibétain : « Détruis-en une centaine, et invites-en un millier. »

Maintenant que nous avons obtenu un potentiel humain, il importe de l'utiliser avec sagesse. À employer notre intelligence discernante seulement pour troubler et fâcher autrui, on gaspille sa vie. Dans ce cas, il eut nettement mieux valu s'en passer. Dès lors que nous avons à présent une précieuse vie d'être humain libre et favorisé, le mieux que nous puissions faire, c'est d'œuvrer à un bien futur précis. Et quand bien même nous en serions incapables, il importe de vivre cette vie de façon positive. Ensuite, à lire ou à écouter l'histoire de personnages exemplaires du passé, on aura un modèle à suivre, ce qui nous encouragera.

Dans ses vies antérieures sur la voie, le Bouddha était un individu ordinaire, comme nous. Cependant, en vertu du pouvoir de son esprit éveillé et de sa sollicitude plus grande pour autrui que pour lui-même, il ne s'est jamais permis de se laisser emporter par des émotions aliénantes ni des actions négatives. Il n'a accompli que des actions bénéfiques. Au fil du temps, il s'est engagé dans les pratiques ardues d'un bodhisattva vie après vie. En résultat, il a finalement accédé à l'état pleinement éveillé d'un Bouddha – entièrement libre de défauts et en possession de toutes les qualités. C'est pourquoi nous le regardons maintenant comme le plus sûr objet de refuge en nous référant à lui comme maître omniscient.

Le Bouddha tout-compatissant a été capable d'éveil parce que l'essence de l'esprit, même contaminé, est vacuité, la réalité ultime. C'est pourquoi les travers peuvent être éliminés, les qualités cultivées et l'esprit omniscient atteint. Nous aussi nous pouvons tenter le coup. En nous fiant à une pratique continue de la vertu à la manière d'un flot ininterrompu, nous disposons des ressources naturelles pour nous améliorer de vie en vie. L'essence ultime est en nous de nature, et nous n'avons pas à la cultiver une nouvelle fois, comme le dit Maitreya dans *L'Ornement de réalisation* :

Puisque le corps du Bouddha est rayonnant,
puisqu'il n'est point de différence dans la réalité,
puisque tous possèdent le lignage,
tous les êtres incarnés possèdent l'essence de Bouddha.

Ainsi, gardant en mémoire l'expérience de notre maître, il nous faut pratiquer en cultivant surtout l'éveil de l'esprit, en étant plus soucieux d'autrui que de nous-même. Dans notre vie quotidienne, il convient de prêter une attention accrue aux instructions d'exercice de l'esprit à l'éveil en récitant fréquemment les vers suivants :

Je prends refuge en le Bouddha, le dharma
[et la communauté spirituelle
jusqu'à accéder à l'éveil.
De par la force de générosité et d'autres vertus,
puissé-je atteindre à la bouddhéité au profit de tous les êtres.

Cela est extrêmement important en vue de développer une attitude positive et d'éviter d'être submergé par des forces hostiles. Plus on la conforte, mieux l'esprit se familiarise avec les qualités positives et apprécie leurs bienfaits, plus nos esprits deviennent stables et incorruptibles. Sans cette pratique, on peut être apte à générer une certaine dose d'esprit positif. Néanmoins, faute de persévérer avec constance, il deviendra comme un thé éventé : ce n'est rien que de très naturel.

Les Écritures décrivent vingt-deux sortes d'esprit éveillé. Il est dit que jusqu'à atteindre la stabilité d'esprit de terre ou d'or, il y a toujours un risque de dégénérescence. C'est pourquoi il est important qu'au développement des qualités de compassion s'ajoute la sagesse, et que le développement des qualités de sagesse s'accroisse de compassion. Compassion et sagesse doivent se pratiquer de pair. Le facteur clef, c'est de s'accoutumer à cette pratique. Et comme nombre d'entre nous utilisent volontiers des expressions comme « tous les êtres sont nos mères » ou « les êtres sensibles des six royaumes d'existence », il importe d'avoir une idée de ce qu'est l'esprit éveillé et de nous familiariser avec cette notion par une pratique répétée.

Maintenant, on va réciter la prière en vue de générer formellement l'aspiration à l'éveil. Si vous avez une peinture du Bouddha, visualisez-la en tant que Bouddha réel, expert et plein de compassion. Ne pensez pas qu'il n'y a qu'une image peinte devant vous, mais imaginez que le Bouddha lui-même, motivé par la compassion qu'il personnifie, celui qui porte les signes majeurs et mineurs de l'être pleinement éveillé, est ici présent. Autour de lui, visualisez des bodhisattvas sous forme tant céleste qu'humaine, comme les grands maîtres indiens Asanga et Nāgārjuna. Visualisez tous les grands traducteurs et érudits de l'Inde ancienne bouddhiste.

Du Tibet, le Pays des Neiges, visualisez les grands enseignants de la période de l'ancienne traduction, tels l'abbé Shantarakshita ou le maître Padmasambhava et ses vingt-cinq disciples. Pareillement, de l'époque de la nouvelle transmission, visualisez les enseignants des écoles et lignées majeures. Pour résumer, visualisez tous les grands êtres et bodhisattvas des quatre traditions du boudhisme tibétain, qu'ils soient śākya, geloug, kagyu ou nyingma. Visualisez-les tous devant vous, prenez-les à témoin de votre genèse de l'éveil de l'esprit.

La présence effective de ces êtres est une possibilité réelle, car ils ont tous créé cet esprit en se souciant davantage d'autrui que d'eux-mêmes. Ils ont fait l'apprentissage de l'exigeant comportement des bodhisattvas et ont lutté pour l'éveil. Étant donné qu'ils ont généré la clarté de l'esprit dans l'intérêt de tous les êtres, ils l'ont fait aussi pour vous. En conséquence, si pour notre part nous les considérons comme des exemples positifs et nous orientons nos esprits vers eux, nous recevrons naturellement et spontanément leurs bénédictions de compassion.

Visualisez les Bouddhas et bodhisattvas des dix directions présents devant vous. Autour de vous, visualisez les êtres sensibles infinis des six royaumes d'existence. Songez à eux qui ont été vos mères, semblables à vous dans leur désir de bonheur et d'éviter la souffrance. Bien que souhaitant le bonheur, ils en sont privés. Et bien que refusant la souffrance, ils en sont affligés. Ce en quoi ils sont pareils à vous. Alors, quelle différence ? Aussi pitoyables que nous soyons, nous savons au moins que les souffrances indésirables résultent d'actions négatives. Nous savons que, malgré leur diversité, elles sont toutes dues à nos esprits indisciplinés et inapaisés.

La cause primordiale de l'insoumission de nos esprits tordus est notre notion erronée de l'existence, la racine de l'illusion. Cette idée fausse est un phénomène temporaire, sans fondement valable ; elle peut donc être éliminée. En y réfléchissant, on peut identifier la cause de la souffrance. L'ayant déterminée, on peut conclure qu'elle aussi peut être supprimée.

Cette façon de comprendre, qu'elle soit confirmée ou non, modifie la perspective du cours futur de nos vies.

Une fois mis en chantier le noble vœu d'aider l'infinité des êtres sensibles, il nous faut œuvrer rapidement afin d'accomplir leurs desseins temporaires et ultimes. C'est pourquoi il nous faut accéder à l'éveil plénier d'un Bouddha. C'est dire qu'il nous faut aspirer à atteindre cet état insurpassable de perfection et de purification dans l'intérêt de tous les êtres sensibles. En conséquence, il convient d'entreprendre d'accumuler le mérite nécessaire et de créer cet esprit en présence des Bouddhas et des bodhisattvas rassemblés devant nous.

D'abord, concevez un fort sentiment d'amour et de compassion pour les êtres que vous avez visualisés autour de vous. Ensuite, pensez : « Pour accomplir leurs grands desseins, je vais générer l'éveil de l'esprit, et pour ce faire, créer du mérite au moyen du rituel en sept branches, en prenant les Bouddhas et bodhisattvas à témoin. » Puis, répétez cette requête en vue d'accéder à l'esprit éveillé :

Maître, écoutez-moi je vous prie. Tout comme ceux qui s'en sont ainsi allés, ceux qui ont été libérés, les Bouddhas parfaits et pleinement éveillés, et les bodhisattvas du passé ont d'abord généré l'insurpassable esprit éveillé complet et parfait, de même, ô Maître, aidez-moi, moi qui m'appelle..., à créer l'esprit parfait, insurpassable et plénier de l'éveil.

Ici et dans les prières suivantes, dites votre nom afin de conforter votre sentiment de participation. Cela est la requête. Après, il faut prendre refuge. Pensez aux Bouddhas et bodhisattvas déjà visualisés devant vous. Les Bouddhas, qui sont la communauté spirituelle de ceux qui ont achevé la pratique, et les bodhisattvas, soit la communauté spirituelle en cours de formation, représentent nos objets de refuge. Qu'est-ce qui les rend si précieux ? Les qualités qu'ils représentent. Quelles sont-elles ? La majeure est le dharma. C'est le vrai refuge qui nous protège de la peur. Donc, c'est le dharma – la vraie cessation et la voie juste, dans l'esprit des Bouddhas et des bodhisattvas devant nous – qui représente le refuge authentique. Invoquez ardemment devant vous les qualités du Bouddha, du dharma et du sangha.

Voyons maintenant le contenu de la requête. Les êtres sensibles visualisés autour de nous désirent le bonheur et ne veulent pas souffrir. Tous nous avons un droit égal au bonheur et à éliminer la souffrance. Mais c'est par ignorance de ce qu'il convient de faire et de ce dont il faut se débarrasser que nous sommes incapables d'y mettre un terme. Aujourd'hui, grâce à la bénédiction de compassion du Triple Joyau, nous avons identifié le facteur durable nous permettant de nous délester de la souffrance et d'accéder au bonheur. Il vous faut donc décider que vous aussi, vous allez actualiser les qualités de réalisation et de détachement des Bouddhas et des bodhisattvas.

Prendre refuge dans les Trois Joyaux n'est pas une simple récitation de mots. C'est aspirer à atteindre aux mêmes qualités de réalisation et de détachement des Bouddhas et des bodhisattvas en qui vous prenez présentement refuge. Il vous faut penser que vous le faites de manière que vous-même et tous les êtres sensibles accèdent au rang de joyaux de la communauté spirituelle en cultivant le dharma de la vraie cessation et de la voie juste en vous-même. Et en fin de compte, vous deviendrez un membre non plus en formation de la communauté spirituelle, mais un Bouddha pleinement éveillé.

Tout en maintenant dans son entier la visualisation décrite, répétez trois fois les vers de la prise de refuge. Si vous êtes en bonne santé, mettez en terre le genou droit, mais si vous n'êtes pas bien ou si cela vous est physiquement difficile, vous pouvez demeurer simplement assis. Tandis que vous visualisez les Bouddhas et bodhisattvas présents devant vous, souvenez-vous du fond du cœur qu'ils ont généré sans aucune limite le noble esprit d'aspiration à l'éveil pour tous les êtres sensibles, vous y compris. Rappelez-vous que la corde de leur compassion est offerte à tous les êtres en tout temps. Pensez à ces Bouddhas et bodhisattvas devant vous comme à votre refuge.

Le plus important, c'est de visualiser tous les êtres sans défense autour de vous et de songer que pour les affranchir de la souffrance et de ses causes, vous devez accéder à l'éveil plénier d'un Bouddha. En vertu de quoi et ainsi motivé, prenez refuge en les Bouddhas et bodhisattvas en répétant par trois fois ce verset :

Maître, écoutez-moi s'il vous plaît. Moi, Untel/Unetelle, je prends refuge en le Bouddha, suprême parmi les humains, dès maintenant et jusqu'à atteindre à l'essence de l'éveil. Maître, je vous prie, écoutez-moi. Moi, Untel/Unetelle, je prends refuge en le suprême dharma, état de paix libre d'attache, dès maintenant et jusqu'à atteindre à l'essence de l'éveil. Maître, écoutez-moi je vous en prie. Moi, Untel/Unetelle, je prends refuge en la suprême communauté spirituelle, niveau de non-retour des bodhisattvas exaltés, dès maintenant et jusqu'à atteindre à l'essence de l'éveil.

Si vous cherchez seulement une protection temporaire, il existe beaucoup d'objets autres de refuge, mais pour ceux qui aspirent à la libération, à être un Bouddha pleinement éveillé, le dharma – son enseignement et sa pratique, et le sangha –, la communauté spirituelle, sont des refuges infaillibles.

Ensuite, il nous faut accumuler du mérite par la pratique à sept branches. La première des sept est de s'incliner en signe de respect. Se prosterner agit comme antidote de l'orgueil. Celui-ci est source de bien des égarements. Nous savons que, en tant qu'humains, beaucoup dépend de notre manière de penser. Pourtant, d'un certain point de vue, à ce propos, nous semblons encore inférieurs à des insectes. Ceux-ci n'ont aucune idée de ce qu'il convient de pratiquer ni de ce à quoi renoncer. Ils ne sont équipés ni physiquement ni mentalement pour ce faire. Pour notre part, nous sommes doués de discernement conscient – nous savons ce qu'il faut et ce qu'il ne faut pas faire – et pourtant, tout en le sachant, nous nous adonnons à des activités impropres. Sous cet angle-là, nous paraissons inférieurs aux insectes.

Dans chaque relation à autrui, j'apprendrai
à me considérer comme le plus humble d'entre tous
et à tenir respectueusement les autres pour suprêmes
du plus profond de mon cœur.

Ce verset explique l'attitude à cultiver en relation aux autres. Quelles que soient les circonstances, il faut demeurer humble. Il est dit que l'humilité est le fondement des plus hautes qualités. C'est le début du bonheur. Rien ne sert d'être fier, de penser à soi comme à quelqu'un qui compte. Il convient cependant de faire la différence entre se sous-estimer, se voir sans valeur ou incapable, et l'humilité, qui signifie être modeste et dénué de suffisance.

Se sous-estimer, penser que l'on est incapable de quoi que ce soit, est à éviter tant dans le contexte de la pratique religieuse que dans les activités quotidiennes. Un bodhisattva ne se laisse jamais aller à se sous-estimer ; au contraire, avec un réel courage, il prend la responsabilité de s'atteler à la réalisation du bien-être de tous les êtres sensibles. Un bodhisattva fait preuve d'un sens tonique de confiance dénué du moindre orgueil. C'est ce dont nous avons besoin. Exprimer le respect en se prosternant agit comme antidote à la suffisance. On peut se prosterner physiquement, verbalement et mentalement. Ici, se prosterner signifie s'incliner de tout cœur et avec respect devant les objets du refuge en pensée, en parole et en action.

La deuxième étape, l'offrande, vise à accumuler du mérite. Vous pouvez soit faire un arrangement réel, soit offrir mentalement des offrandes visualisées. Si votre méditation est bien stabilisée et si vous pouvez demeurer concentré sur un objet, vous pouvez faire un don en imagination. Sinon, cette possibilité n'est pas pour vous. Par la stabilisation méditative, on accède à ce que l'on appelle la forme à travers le pouvoir spirituel. Quand bien même cette faculté vous fait défaut, vous pouvez offrir mentalement des biens sans propriétaire ou vous appartenant.

La confession qui vient ensuite est très importante. Nos esprits ont été contaminés et souillés par nos écarts et nos méfaits passés. La manière de s'en purifier ne demande que confession et retenue. Milarepa a dit : « Si vous songez à épurer vos méfaits, cela peut être fait par la repentance. » Ils le sont grâce à un profond sentiment de remords. L'action malfaisante peut être assainie quand on l'admet ouvertement et qu'on la regrette. Mieux vaut donc admettre ses erreurs et s'abstenir de les répéter.

L'étape suivante consiste à se réjouir, ce qui est un moyen particulièrement adroit d'accumuler du mérite. En vous réjouissant de ce que vous avez accompli, en tenant vos activités pour utiles et dignes de s'en féliciter, leur valeur s'accroît. Si vous avez fait quelque chose de bien et que vous vous en réjouissez de tout cœur sans regret, son potentiel positif se multiplie maintes fois. C'est une excellente manière de capitaliser sur les vertus. De même, pour ce qui est des activités bienfaisantes d'autrui, plutôt que d'en être jaloux et de vouloir entrer en concurrence, mieux vaut les admirer et s'en réjouir de bon cœur. Vous participez ainsi de la vertu originelle et amassez du mérite.

Se réjouir du bien accompli par autrui ne comprend pas seulement les actions bienfaisantes des autres, mais également celles des bodhisattvas et des êtres en quête de leur propre libération. On peut également y inclure l'admiration pour les qualités de corps, de parole et d'esprit des Bouddhas. C'est une pratique fortement exponentielle. Simplement en se réjouissant, on accumule rapidement beaucoup de mérite. D'un autre côté, il est aussi vrai qu'il suffit d'un bref moment de colère ou de haine pour nous envoyer dans des conditions d'extrême misère pour des siècles et des siècles.

La phase suivante consiste à prier les êtres éveillés de tourner la roue de la doctrine. Du fond du cœur, demandez aux Bouddhas et bodhisattvas que vous avez visualisés devant vous d'enseigner. Vous les priez d'instruire continûment dans le dharma les êtres sensibles, vous y compris, qui sont sans défense ni protection et qui ne discernent pas le bien du mal.

Vient ensuite la requête aux Bouddhas de ne pas trépasser. Quand un Bouddha apparaît parmi nous en tant qu'être humain qui prend naissance, s'adonne à des activités et finalement meurt, on dit qu'il est un corps d'émanation. Il s'agit donc d'une requête afin que les Bouddhas demeurent parmi nous et ne s'en aillent pas.

La dernière partie, la consécration, prévoit de prendre des mesures en vue d'éviter que le fruit de nos actions bienfaisantes soit gaspillé avec insouciance. Cela se fait en le vouant au profit et au bien-être de tous les êtres. On forme le souhait que, de par le pouvoir du mérite ainsi créé, nous puissions accéder pour eux à la bouddhéité. On prie également pour que le dharma fleurisse tant par les Écritures que par la réalisation intérieure. Cette pratique oblatoire consacre le mérite et la vertu que nous avons créés. Demander simplement que quelque chose de bien advienne sans rien avoir à dédier ne serait qu'une prière d'aspiration.

Tout en visualisant clairement comme auparavant devant vous Bouddhas et bodhisattvas, concentrez-vous à nouveau sur les êtres sensibles autour de vous et générez intensément amour et compassion à leur endroit. Réfléchissez ensuite à la signification des sept étapes de la pratique.

Nous en arrivons maintenant à la créationformelle et réelle de l'éveil de l'esprit. Pour l'accomplir et s'y engager, il nous faut d'abord façonner un certain sentiment par rapport à ce que nous faisons. Il ne suffit pas simplement de réciter des mots. Dans ce contexte, amorcer l'éveil de l'esprit se réfère à générer l'aspiration altruiste à l'éveil suprême. Engendrer l'éveil proprement dit ne vient qu'après des années de pratique et peut parfois prendre plusieurs vies. Cela parce que l'éveil authentique de l'esprit ne se produit qu'à la suite d'une familiarisation prolongée avec la méditation.

Il n'empêche, ce que nous faisons maintenant, c'est développer une certaine compréhension de l'éveil et commencer à nous accoutumer à son esprit. Qu'est-ce que l'esprit éveillé ? Comme nous l'avons déjà vu, c'est un esprit qui se concentre spécialement sur les autres dans le désir d'accomplir leurs ambitions. Cela mène à souhaiter d'accéder à l'éveil. Ainsi, l'aspiration à réaliser les desseins d'autrui agit en tant que cause, et l'aspiration à l'éveil s'y ajoute. Ainsi donc, l'esprit éveillé les incorpore toutes deux.

Si vous songez aux êtres sensibles visualisés autour de vous, tous ont un sens inné de « je ». En conséquence, tous veulent naturellement que ce « je » connaisse le bonheur et non la souffrance. En cela, tous sont semblables, jusqu'aux plus petits insectes. La pratique religieuse elle aussi se fonde sur ce sentiment primordial. Pareille attitude – vouloir le bonheur et ne pas vouloir la souffrance – est tout à fait raisonnable. Notre existence elle-même vise à trouver le bonheur. C'est le but de la vie humaine. Dans ce contexte, la bouddhéité est le degré le plus élevé du bonheur, c'est un état durable, c'est atteindre à vos propres buts et à ceux d'autrui. Autrement dit, la bouddhéité est ce qu'il y a de meilleur.

Tous nous voulons le bonheur, et nous y avons droit. Nous avons tous droit à un bonheur durable, au succès, à ce qu'il y a de meilleur en tout. Mais bien que ce soit là ce que nous voulons, nous sommes ignorants des causes du bonheur. Et bien que nous ne voulions point souffrir, nous en méconnaissons également les causes. Autrement dit, la souffrance est un problème que l'on s'inflige à soi-même. Dans la vie humaine libre et favorisée que nous menons aujourd'hui, nous avons rencontré les enseignements du Bouddha et leur pratique. Nous avons acquis en particulier quelque connaissance du Grand Véhicule. C'est pourquoi il est extrêmement important de considérer les choses d'un point de vue plus vaste, d'un angle plus ouvert et de ne pas se tromper dans notre mode de pensée.

Dans ce contexte, en y prêtant attention, on relève un trait saillant : qui que nous soyons, nous négligeons autrui et nous nous chérissons nous-même. En étant concerné que par soi-même, on passe sa vie dans la pire situation et on reprend naissance dans des conditions misérables. Quand bien même ce serait sous forme humaine, la vie sera courte, on sera souvent malade et constamment en butte aux critiques et médisances. Tous ces déboires viennent de la négligence égocentrique d'autrui.

En amoindrissant l'acharnement de votre attitude égoïste et en renforçant votre préoccupation à l'endroit des autres, en essayant de les aider au mieux de vos possibilités, vous serez plus heureux, vous aurez davantage d'amis et vous n'aurez pas de regrets. C'est dire que le souci d'autrui est à l'origine du bonheur, tandis que l'autolâtrie mène à sa destruction. La misère, la peur et les cauchemars sont tous dus à l'égocentrisme. Lorsque vous vous préoccupez des autres, il n'y a pas de raison d'avoir peur. Même parmi ceux qui ne manifestent aucun intérêt pour le développement spirituel, plus l'individu cultive un esprit positif et un sentiment de responsabilité universelle, plus il sera heureux. Pareille personne jouira d'un confort certain, et les gens l'aideront plus volontiers.

En tant qu'êtres humains, il est essentiel d'avoir des amis proches, des gens qui se préoccupent réellement de vous et le montrent. Notre aptitude au sourire est singulière à l'humain. Quand on sourit, on rend les autres heureux, comme onest heureux lorsque quelqu'un nous sourit. En revanche, personne n'aime un visage renfrogné. Telle est la nature humaine. Bien sûr, parfois leurre et mensonge peuvent se dissimuler derrière un large sourire. Mais si votre sourire est sincère, chacun en sera ravi. Cela prouve notre goût inné de l'amitié. Vivre en amitié et harmonie est dans la nature humaine. Alors, nos vies sont heureuses et ont un sens.

Soupçonneux et rempli de mauvais desseins l'un pour l'autre, comment serions-nous heureux ? Pour créer une atmosphère d'aimable harmonie, il nous faut en premier lieu cultiver de l'intérieur une attitude altruiste. Quand on l'aura, automatiquement les amis se rassembleront autour de nous. On trouvera naturellement des gens sur qui compter. C'est une erreur que de nourrir de la mauvaise volonté, de la jalousie et de l'orgueil, de se tapir comme un serpent venimeux sans faire le moindre effort afin d'améliorer notre comportement. Si l'on attend que le changement vienne uniquement de l'extérieur, sans rien faire en vue d'une transformation mentale à l'intérieur, ce sera la désillusion. Comment y aurait-il un résultat sans cause ?

Dans une perspective tant à court qu'à long terme, être quelqu'un de bien, de grand cœur, est à coup sûr la racine de la paix, du bonheur et de tout ce qui est bon. Nul besoin de citations scripturaires pour le prouver : notre propre expérience de vie y suffit. À jeter un regard en arrière, les seules choses significatives accomplies l'ont été dans l'intérêt d'autrui. Il est malaisé d'évaluer quel profit nous avons pu tirer en nous efforçant de réaliser nos propres desseins. De toute façon, il ne s'agit plus là que de rêves de la nuit passée, sans grande valeur pratique. Ce que nous continuons à porter sur nos épaules, c'est le lourd fardeau de nos écarts, de nos malhonnêtetés et de nos duperies.

Si vous avez obtenu quelque chose et fait quelque chose de bien, c'est là motif de vous réjouir. En jetant un coup d'œil en arrière, vous verrez ce que c'est d'avoir accompli, directement ou indirectement, quoi que ce soit dans l'intérêt d'autrui qui donne son sens à la vie. Quoi d'autre au cours des années écoulées vous ferait penser que votre vie a un sens ? Si bien qu'en réfléchissant à vos expériences précédentes, il importe maintenant de déterminer que pour le restant de vos jours, aussi nombreux fussent-ils, vous ne ferez que ce qui apporte joie et satisfaction. Pour ma part, ce dont je me réjouis, c'est de ma détermination à propos de la cause du Tibet et de mon désir profond d'être bénéfique à tous les êtres. C'est cela qui donne un sens à ma vie, que je sois au Tibet ou en Inde.

S'efforcer de faire le bien, directement ou indirectement, en utilisant pleinement le potentiel de son corps, de sa parole et de son esprit, voilà qui donne une signification à la vie. Et quand bien même les avantages ne sont pas immédiats, il faut au moins persévérer dans l'effort. Il vaut même la peine d'imaginer que l'on accomplit des activités bénéfiques. D'ordinaire, on fantasme uniquement à faire le mal. C'est idiot et insensé. Les maîtres kadampas avaient pour habitude de dire à ce propos : « Même si vous n'avez pas de dents, mâchez avec les gencives. » Il est temps d'être alerte et attentif.

Songez que tous les êtres autour de vous sont semblables à vous dans le désir de bonheur et le rejet de la souffrance, et qu'ils possèdent le même potentiel que vous à devenir des Bouddhas. Pensez en vous-même : « Il me faut faire quelque chose pour eux. Mais dès qu'il s'agit d'aide pratique, il m'est difficile présentement de le faire, ne serait-ce que pour un seul être complètement. Donc, puissé-je accéder sans délai à l'éveil plénier d'un Bouddha pour tous ces êtres qui ont été mes mères. C'est ce à quoi je vais décidément me consacrer. » Tel est le genre d'attitude déterminée à cultiver. C'est ce que l'on appelle générer l'éveil de l'esprit.

Permettez-moi de résumer une fois encore. Réfléchissez profondément aux avantages de se soucier du bien-être d'autrui et aux inconvénients de l'égocentrisme. Au souvenir de votre expérience passée, réaffirmez que les activités physiques, verbales et spirituelles fondées sur l'égocentrisme ne mènent nulle part, alors que celles résultant de la sollicitude envers les autres sont fiables et significatives à long terme. Prenez refuge dans les Bouddhas et bodhisattvas visualisés devant vous.

Si vous avez réellement confiance en le Bouddha et que vous prenez refuge en lui du fond du cœur, il vous faut aussi considérer ce que lui ressent. Par exemple, dans la vie de tous les jours, si vous aimez faire quelque chose que n'aime pas votre amie la plus proche, vous essayerez de ne point le faire par égard pour elle. Si vous invitez à dîner un ami qui n'aime pas les mets épicés ou relevés que vous, vous appréciez, ajouter du piment sans prendre en considération ses goûts serait malvenu. Il convient au moins à l'occasion de faire un peu plus attention. Ainsi donc, même dans les choses courantes, vous prenez en compte les souhaits de vos amis. Le faire indique que vous êtes un ami véritable. Et dès lors que le Bouddha est quelqu'un à qui vous avez confié votre bonheur à longue échéance, il importe de prêter attention à ses intentions.

Les Bouddhas et bodhisattvas font preuve de la même sollicitude envers les êtres sensibles qu'une mère pour son seul enfant. Si bien que négliger les autres ne serait-ce qu'indirectement revient à méconnaître la pensée du Bouddha. Il est contradictoire de prendre refuge auprès des Bouddhas et des bodhisattvas, et ensuite, au niveau pratique, négliger le bien-être des êtres impuissants et sans nombre, au nom desquels vous avez généré l'éveil de l'esprit et y avez accédé. Si nous sommes réellement incapables de leur être utiles, abstenons-nous au moins de leur nuire.

En vue d'engendrer formellement l'éveil, agenouillez-vous comme vous l'avez déjà fait auparavant, récitez la formule, et faites-le vous-même. Comme je l'ai déjà expliqué, prenez à témoin les Bouddhas et bodhisattvas éveillés, de même que les êtres infinis que vous avez visualisés. Décidez d'actualiser personnellement les qualités de corps, de parole et d'esprit des Bouddhas. Puis, en vous concentrant sur cette intention, décidez de ne jamais abandonner l'esprit éveillé déjà créé, et répétez par trois fois ces mots :

Ô Bouddhas et bodhisattvas des dix directions, écoutez-moi je vous prie. Ô maître, écoutez-moi s'il vous plaît. Moi, Untel/Unetelle, dans cette vie et les précédentes, j'ai semé des graines de vertu par ma pratique de la générosité, de l'éthique, de fidélité à mes vœux, en demandant aux autres de faire de même et en m'en réjouissant. Puissent ces vertus cardinales devenir une cause en vue de cultiver l'éveil de l'esprit, tout comme dans le passé, ceux qui s'en sont allés en félicité, ceux qui se sont libérés, les parfaits Bouddhas pleinement éveillés, et les grands bodhisattvas assis à l'échelon le plus élevé, ont eux aussi généré l'éveil.

Moi, Untel/Unetelle, à partir de maintenant et jusqu'à accéder à l'essence de la bouddhéité, afin de libérer les êtres sensibles qui ne le sont pas, de délivrer ceux qui ne le sont pas, de donner de l'air à ceux qui n'en ont pas et à ceux qui ne sont pas allés complètement au-delà de la souffrance, je cultiverai l'aspiration à accéder à l'éveil insurpassable, parfait et plénier.

Durant la pratique d'exercice de l'esprit, on cultive l'amour, en souhaitant que tous les êtres sensibles trouvent le bonheur et la compassion, et qu'ils soient délivrés de toutes les souffrances. Cette double démarche façonne une attitude particulière, qui nous pousse à exprimer le vœu : « Je ferai moi-même en sorte qu'ils aient part au bonheur et qu'ils évitent la souffrance. » Il vous faut penser : « Je vais générer la grande détermination engendrée par les bodhisattvas du passé. » En vous concentrant sur les Bouddhas et bodhisattvas, cultivez la foi.

En vous remémorant les qualités physiques, verbales et mentales des Bouddhas et bodhisattvas, pensez que vous aussi, vous allez sous peu accéder à la même dextérité en vue d'œuvrer spontanément et sans effort pour autrui. En vous fondant sur cette pensée, prenez refuge en eux. Ensuite, réaffirmez votre résolution de créer l'éveil de l'esprit dans l'intérêt de tous les êtres sensibles. Avec ce sentiment très fort, répétez deux fois les lignes ci-dessus.

À présent, nous vivons sous forme humaine, et nous avons rencontré les enseignements du Bouddha et leur pratique. Tombé sur une aussi excellente occasion, il nous faut tenter d'en tirer l'essence. L'esprit éveillé est l'essence du dharma. Il convient de songer que c'est une grande chance que d'être en mesure de le générer, ne serait-ce qu'en imagination. Le faire, c'est comme offrir la pratique en oblation aux Bouddhas et bodhisattvas. C'est la voie d'accomplissement des souhaits temporaires et permanents des êtres sensibles. Tout bien-être et tout bonheur adviennent de cet esprit-là. Bouddhas et bodhisattvas du passé l'ont eux aussi maintes fois engendré pour finalement accéder à l'état pleinement éveillé. Ayant aujourd'hui saisi cette heureuse occasion, il vous faut songer : « Moi aussi, je vais créer cet état d'esprit, comme l'ont fait les Bouddhas et bodhisattvas du passé. » En le ressentant intensément, répétez pour la troisième fois les lignes de sauvegarde de l'esprit d'éveil. Et cette fois, dites-vous que l'égocentrisme est comme une racine vénéneuse, tandis que la considération pour autrui est comme une racine médicinale, source de toutes les vertus.

Attendu que nous avons engendré cette aspiration à l'esprit éveillé, il nous faut observer certaines pratiques afin d'éviter son déclin. Il convient de nous remémorer à maintes reprises ses qualités bénéfiques. Plus important encore est de ne jamais renoncer au bien-être d'autrui. À l'avenir, quels que soient les êtres rencontrés, jamais il ne faut leur souhaiter malheur.

Voyez l'exemple des Tibétains. Il peut sembler que les communistes chinois soient le plus grand obstacle à l'épanouissement du dharma. Néanmoins, il est impropre de se polariser là-dessus et de souhaiter les pires calamités aux Chinois. Nous avons pris l'engagement d'assurer le bien-être de tous les êtres. Si nous en excluons les Chinois, nous nous détournons de toute une frange des créatures. C'est-à-dire que nous brisons notre engagement à l'égard de tous.

Cela ne signifie pas pour autant se rendre face aux actions négatives d'autrui. D'aucuns m'ont dit qu'à tellement m'étendre sur la pratique spirituelle, nous ne serons peut-être jamais plus capables de nous battre contre les Chinois. Là, il convient de faire une distinction entre le courage romantique et le vrai courage. Dans le contexte de créer l'éveil de l'esprit, nous parlons du vrai courage, de la détermination réelle. Il n'y a pas d'audace ni de courage mental plus fort ou plus pur que l'esprit éveillé. Si bien que vous pouvez répondre aux méfaits d'autrui, mais sans jamais laisser la compassion ni l'amour fuir votre esprit. Lors de l'explication de la conduite des bodhisattvas, pourvu que l'action soit bénéfique à autrui, autorisation est donnée de se comporter physiquement ou verbalement de façons qui pourraient, autrement, paraître négatives. Lorsqu'il s'agit de cultiver l'attitude des bodhisattvas, il ne saurait être question de devenir poltron.

Je l'ai déjà expliqué, l'une des meilleures méthodes en vue d'éviter l'étiolement de l'esprit consiste à réciter les vers de prise de refuge et de création de l'éveil. Afin de consolider cette pratique, il convient de la faire trois fois par jour et trois fois par nuit.

Il existe deux voies d'amasser des vertus. Le mérite s'acquiert en engendrant la compassion, l'amour et l'esprit éveillé. La sagesse croît en réfléchissant à la signification de la vacuité et en générant la sagesse qui la comprend. Dans la mesure où comprendre que les phénomènes sont vides d'existence inhérente est d'importance cardinale, il nous faut tous nous efforcer d'y atteindre. Bien sûr c'est difficile, au début, de méditer la signification de la vacuité, mais en faisant l'effort, peu à peu on développe l'aptitude à le faire. (La signification de la vacuité est expliquée au chapitre VIII.) Par cette double pratique de recueillir mérite et sagesse, on accède graduellement à l'état pleinement éveillé de la bouddhéité.

Afin de garder notre pratique d'éveil du déclin, il convient d'observer quatre pratiques positives. La première est de ne pas mentir intentionnellement. Bien entendu, il peut arriver parfois que pour la sécurité ou le bien-être d'autrui, on soit amené à dire un mensonge. Ce serait alors une action de bodhisattva. Sinon, il ne faut pas mentir par intention. On rencontre pas mal de gens qui trompent les autres et disent des menteries par habitude. C'est fort malheureux.

La deuxième pratique positive consiste à être honnête et à éviter de tromper autrui. Il faut se détourner de l'hypocrisie. Ne faites pas croire à quiconque que vous possédez des qualités que vous n'avez pas. La troisième, c'est considérer les bodhisattvas comme le véritable Bouddha. Louez leurs qualités et réjouissez-vous en eux. De même, déclarez votre admiration pour eux, et quatrièmement, encouragez d'autres personnes à œuvrer en vue d'accéder à la bouddhéité. Ne les découragez jamais en leur disant : « Comment vous attendez-vous à accéder à la bouddhéité, vu que vous n'avez ni l'intelligence ni la persévérance ? » En observant ces activités positives, vous ne décevrez jamais votre maître ni vos amis spirituels, pas plus que vous n'en découragerez d'autres de leur pratique du dharma.

Si vous réussissez à ne pas mentir, à être honnête, à apprécier les Bouddhas et bodhisattvas, et à inspirer d'autres à œuvrer en vue d'accéder à la bouddhéité, les quatre activités négatives correspondantes cesseront d'elles-mêmes. Je pense que ce n'est pas trop difficile si l'on essaie. En bref, soyez quelqu'un de chaleureux et de courtois, et pour le restant de vos jours, efforcez-vous d'aider autrui. Si vous n'êtes pas en mesure de le faire, abstenez-vous au moins de nuire. En menant présentement une vie honnête et utile, la prochaine pourvoira elle-même à ses besoins.

Chapitre VII

DE LA TRANSFORMATION DES TRACAS EN ATOUT

Transformer des circonstances adverses en voie d'éveil est l'une des plus singulières et puissantes instructions des enseignements en vue d'accorder l'esprit.

Attendu que nos vies sont assaillies par toutes sortes de difficultés et d'ennuis, ces enseignements sont d'une valeur extrême. En ces temps de dégénérescence, il est particulièrement ardu de poursuivre une quête spirituelle. Il nous faut donc développer certaines techniques susceptibles de nous aider à transformer des forces d'interférence en amis, des éléments nuisibles en maîtres spirituels, et des circonstances adverses en conditions favorables. Cette sorte de sagesse ou de dextérité est extrêmement profitable.

Dans la vie, chaque chose – bien ou mal, bonheur ou malheur, réussite ou échec – doit être perçue dans une juste perspective. Rien n'est entièrement blanc ou noir, il y a des nuances et des degrés divers. En voyant le malheur sous un angle négatif, c'est naturellement décourageant et pénible. Il est donc essentiel d'apprendre à adopter une manière plus positive. Vous pouvez comparer votre infortune à celle d'autres plus misérables, et reconnaître qu'un désastre plus grand vous a été épargné. Pareille attitude aide à alléger le fardeau et donne une meilleure compréhension de la nature de la souffrance. Votre esprit s'ouvre davantage et vous êtes plus tranquille. Par ailleurs, ceux qui sont incapables de considérer leurs problèmes avec souplesse dépriment et sont malheureux. Il est évident que l'esprit joue un grand rôle en rendant notre vie plus heureuse et en lui donnant un sens. Il ne s'agit pas là de hauts faits de spiritualité, c'est du simple bon sens.

Comme leur nom l'indique, les enseignements visant à accorder l'esprit concernent essentiellement les voies et les moyens de le façonner. C'est particulièrement pertinent pour qui pratique le dharma. Sauf à être capable d'exercer notre esprit afin qu'il puisse résister aux hauts et bas de la vie, il nous sera difficile de poursuivre notre entraînement spirituel. Deux situations peuvent freiner notre pratique. L'une, c'est quand on est à l'aise, que tout va bien, sans obstacle majeur. L'autre, c'est quand on est continuellement accablé de peines et de calamités. Dans le premier cas, on attrappe la grosse tête et l'on devient arrogant, ce qui mène à d'autres émotions perturbatrices, comme la jalousie ou la compétitivité. Nous ne pouvons nous permettre de nous laisser emporter au gré des forces négatives. Au contraire, il faut apprendre à retourner la situation à notre avantage. Il serait mieux avisé d'en prendre une plus vaste mesure et de songer que si nous jouissons maintenant de biens et de confort, c'est grâce à de bonnes actions antérieures. On peut former le souhait qu'il en aille de même pour autrui. Lorsqu'il faut affronter mécomptes et obstacles, on peut facilement déprimer. C'est alors qu'il convient d'être particulièrement attentif et souple. Sinon, les problèmes peuvent nous écraser, et l'on peut perdre à la fois l'espoir et la boussole. Il est important d'avoir conscience de ces deux possibilités potentiellement détonantes, et de s'y préparer en conséquence.

L'un des traits distinctifs parmi les plus attirants de la doctrine du Bouddha est la lumière qu'elle projette sur les émotions fourvoyantes. Aucune autre ne va aussi loin ni dans des détails aussi subtils pour révéler la nature de l'illusion et de ces émotions, ou pour indiquer comment les affronter. De nombreux traités philosophiques les décrivent comme notre ennemi majeur. Il est souligné avec insistance qu'il ne faut pas se laisser prendre à leur piège et qu'il convient de les contrer. L'avis est constant de se soustraire à leur contrôle. En aucun cas les émotions aliénantes ne sauraient être utiles à nous-même ou à autrui. Au contraire, elles nuisent à tout un chacun, sans égard pour le statut social, que nous soyons riche ou pauvre. Elles ne font aucune différence entre homme et femme, jeune ou vieux, malade ou bien portant. Elles sont source de confusion. Elles poussent les individus à perdre le sens de l'humour, le jugement, voire le sens commun. Sous leur emprise, la personne la plus distinguée se comporte de façon indigne. Des gens cultivés deviennent grossiers. Elles sont toujours négatives et nuisibles. Le bouddhisme enseigne un large éventail de techniques pour les maîtriser et les contrôler. Les textes bouddhiques partent en guerre contre elles. Qui en émerge victorieux devient un Bouddha.

La pratique du dharma vise deux objectifs : accroître la vertu, et éliminer les émotions fourvoyantes. À vrai dire, notre être entier est tellement sous la coupe de ces dernières que c'est à peine si nous le remarquons. Cependant, en commençant à pratiquer le dharma et en essayant de guerroyer contre elles, on fait d'intéressantes découvertes. Au début, le pratiquant a l'impression d'une augmentation des négativités et que l'esprit est davantage contaminé par des pensées névrotiques. Si cela vous arrive, il est important de réaliser que, dans ce cas, la perception n'est pas conforme à la réalité. C'est un signe que vous êtes sur la bonne voie. Avant d'entamer une pratique spirituelle, vous n'aviez pas la moindre idée de la myriade de jeux joués par les émotions aliénantes. Vous ne commencez à en prendre conscience qu'en pratiquant le dharma. Par exemple, un blessé grave ne ressent guère la douleur au début, mais au cours du traitement, il ou elle souffrira mille morts tandis que ses sens lui reviennent.

Encore que le but de la recherche spirituelle soit de se libérer des problèmes et de goûter paix et succès, les choses ne se passent pas forcément comme cela. Il peut arriver que nous paraissions nous heurter à davantage de difficultés et à des obstacles accrus. Le cas échéant, il ne faut pas laisser des considérations mesquines prendre le dessus, il faut voir les choses dans un contexte plus vaste. Il se peut que, par votre pratique du dharma, quelque aspect de votre karma négatif ait mûri plus vite que d'ordinaire. Si tel est le cas, prenez-le comme une manière de purification.

Il y a cinq sortes de conseils qui étayent la pratique de l'entraînement de l'esprit. Le premier avise de transmuer les situations adverses en voie d'éveil. Voici ce qu'en dit *Exercer l'esprit en sept points* :

Lorsque l'environnement et ses habitants débordent de [perversité
Transformez les circonstances adverses en voie d'éveil.

D'après divers textes de logique, attendu que chaque phénomène a d'innombrables aspects, beaucoup dépendent de la manière de le voir. Par exemple, la souffrance. Quand vous pensez seulement à la souffrance, c'est intolérable. Mais en oubliant cet aspect-là, vous pouvez peut-être la percevoir sous un autre angle. En l'endurant, vous pouvez épurer de mauvaises actions du passé et engendrer la résolution de vous libérer du cycle de l'existence. Donc, il n'est pas vrai de dire que la souffrance demeure la même de n'importe quel point de vue. Sa nature change en fonction de votre attitude mentale et de la manière dont vous la considérez. Si vous êtes capable de changer des situations adverses en facteurs de la voie, les écueils deviendront des conditions favorables à la pratique spirituelle. En accoutumant votre esprit à pareil exercice, vous réussirez, et rien ne viendra entraver votre progression spirituelle. Il est dit qu'être capable de transmuter de la sorte des situations contraires indique que vous subissez réellement un entraînement de l'esprit.

Canaliser des situations adverses sur la voie peut se faire de deux façons : en s'appuyant sur la pensée incomparable de l'éveil de l'esprit, et en se fiant aux pratiques spécifiques de purification des négativités et d'accumulation de vertu. Voici ce qu'en dit le texte :

Réfléchissez sur-le-champ à chaque occasion.

Au bon ou au mauvais moment, que vous soyez riche ou pauvre, heureux ou malheureux, dans votre pays ou à l'étranger, dans un village, une ville, un monastère ou en un endroit isolé, qui que soit votre compagnon, quelles que soient les souffrances éprouvées, dites-vous bien qu'il y a beaucoup d'autres êtres sensibles qui souffrent pareillement. Et vous pouvez continuer en songeant : « Puissent les souffrances que j'endure servir à contrer celles des autres. Qu'elles leur soient épargnées. »

Comme on l'a dit à propos de la pratique du don et de la prise en charge, il vous faut penser que le but de votre méditation de compassion a été atteint, et il vous faut vous en réjouir. De même, si vous êtes dans l'aisance et que vous avez en abondance nourriture et vêtements, une bonne maison, de bons amis et maîtres, que vous êtes en bonne santé, réfléchissez que c'est là le résultat d'une excellence antérieure. Puis décidez de continuer d'accumuler de la vertu, afin de continuer à jouir de cette prospérité.

Dans la vie de tous les jours, il est important de se remonter soi-même quand on se heurte à la souffrance et qu'on se décourage. De même, il faut revenir les pieds sur terre lorsque l'on est trop excité. Si vous avez le courage de faire face à l'adversité et aux problèmes, ils ne troubleront pas votre équilibre mental. D'aucuns perdent la tête quand ils deviennent pauvres, d'autres deviennent arrogants en acquérant quelques biens. Face au bonheur ou à la souffrance, mieux vaut demeurer constant.

À propos de retourner des situations contraires en les canalisant sur la voie, en se fondant sur les pratiques spécifiques d'épuration des négativités et d'accumulation de vertu, le texte dit :

La méthode suprême s'accompagne des quatre pratiques.

La première pratique est l'accumulation de mérite. Lorsque vous faites des offrandes dans ce but, le matériau utilisé importe peu. Ce qui importe, c'est votre attitude. Il vous faut cultiver l'attitude de partager votre prospérité avec autrui. Consacrez vos mérites au bien commun de tous les êtres sensibles et orientez vos aspirations vers l'accession à la bouddhéité. La deuxième consiste à purifier les négativités. Depuis des temps sans commencement, poussés par les émotions aliénantes, nous avons accumulé les méfaits. Comme l'a dit Milarepa, le facteur le plus important dans cette opération est un sens puissant de regret. Plus fort est le regret, plus forte sera la purification. De même, il importe de décider de ne jamais plus se laisser aller à retomber dans pareils travers. Plus forte sera la détermination, plus attentif vous serez.

La troisième pratique consiste à présenter des oblations aux spectres nuisibles. Il vous faut délibérément penser aux bontés de ces créatures. Un bon pratiquant doit dire : « En raison de vos tracasseries, j'ai été à même d'intensifier ma pratique. Le mal que vous m'avez fait a été l'occasion d'éprouver ma patience, l'amour et la compassion. S'il vous plaît, ne cessez pas ! » Au lieu de les prier de ne point nous importuner, on les presse de continuer. Il est dit qu'en répondant avec compassion et compréhension, cela ne nous protège pas seulement du mal, mais amoindrit également la force des intentions nuisibles des spectres. Il existe beaucoup d'histoires d'autrefois qui prétendent qu'ils n'ont nui en rien à ceux dotés d'une profonde compassion. La quatrième pratique consiste à demander le concours des Protecteurs du dharma en leur faisant des offrandes. Utilisez un matériau pur et propre. En une visualisation nette, conviez les Protecteurs du dharma et les gardiens, présentez-leur vos dons, et priez-les de vous assister afin de transmuter les circonstances adverses sur la voie.

L'étape suivante concerne l'accomplissement de la pratique intégrée d'une seule vie. Le texte dit :

Exercez-vous aux cinq pouvoirs.

Le premier est celui de l'intention. Réfléchissez : « À partir de maintenant et jusqu'à accéder à la bouddhéité, à tous les instants de cette vie jusqu'à ma mort, et en particulier cette année, ce mois et aujourd'hui même, je ferai attention de ne pas donner la moindre occasion d'advenir aux émotions fourvoyantes induites par la fausse idée de soi. Je ne les laisserai point régner sur mes actions physiques ni verbales. » En général, quoi que nous fassions, si c'est programmé systématiquement, ce sera mieux réussi. Mais le succès dépend d'abord de la fermeté de notre intention.

Le deuxième est le pouvoir de la graine de la pratique de vertu. Cela signifie préserver et conforter le précieux esprit éveillé par le don, l'éthique et la méditation, en s'efforçant d'amasser mérite et sagesse.

Le troisième est celui de contrer la négativité. Il s'agit là de l'effort à faire en vue de déraciner et d'éliminer les forces négatives comme l'égocentrisme et l'idée erronée du soi qui lui donne naissance. En songeant aux déboires que vaut cette attitude, il convient de développer la ferme résolution de ne plus jamais se laisser tomber sous son emprise.

Le quatrième est le pouvoir de la prière. Consacrez tout ce qui est bon dans le cycle de l'existence, en particulier les excellentes qualités que vous avez rassemblées par le corps, la parole et l'esprit dans les trois temps (passé, présent et avenir) au bien-être de tous les êtres. Après chaque bonne action, conscient qu'elle est vide d'existence intrinsèque, dédiez-la à leur bien-être. À la fin de chaque jour, revoyez ce que vous avez fait. Si vous avez fait quelque chose de négatif, regrettez-le profondément et priez afin que, par le pouvoir de la vertu, vous et tous les êtres sensibles soyez capables d'engendrer l'éveil de l'esprit et de promouvoir ce que chacun a déjà généré.

Le cinquième pouvoir est de connaissance, au sens d'étude ou de savoir. La qualité majeure de l'esprit, c'est que si vous l'accoutumez à la pratique et que vous en maintenez les conditions, vous atteindrez à la perfection. Comme le veut l'adage, « il n'est rien qui ne devienne plus facile à mesure que l'on sait ». Le grand maître spirituel Che-ka-wa disait aussi que l'esprit, même bourré d'erreurs, a une grande qualité : il obéit à la manière dont vous l'exercez.

On peut également appliquer ces cinq pouvoirs au moment de la mort. Le texte dit :

Les cinq pouvoirs eux-mêmes sont les préceptes
du transfert de conscience du Grand Véhicule.
Cultivez ces voies de pratique.

Au moment de la mort, ces mêmes cinq pouvoirs s'emploient dans un ordre différent. Le premier est celui de la graine de la pratique de vertu. Il se réfère à l'épuration des fautes et à la consécration de ses possessions au Bouddha et aux êtres qui souffrent. Au lieu de demeurer attaché à ses biens, il faut les utiliser afin de recueillir de la vertu. Tout ce qui est né est sujet à la mort. Même un pratiquant spirituel n'est pas au-delà du pouvoir de la mort. Néanmoins, si à l'instant du trépas vous gardez un esprit de vertu très puissant, vous pouvez vous garantir, jusqu'à un certain point, une vie ultérieure meilleure. S'accoutumer à une pratique spirituelle positive tant qu'on vit et que l'on est en bonne santé facilite relativement le maintien d'une attitude positive au moment du décès.

Il est cependant possible que, tout en étant familiarisé avec une pratique de vertu, on soit submergé de colère ou par l'attachement à l'instant de la mort. Le cas échéant, le danger est grand d'une renaissance misérable. Il convient donc d'essayer de transférer paisiblement et l'esprit calme la conscience dans la prochaine vie. Mieux vaut ne pas pleurer ni crier ni se lamenter lorsque quelqu'un meurt, car cela risque de stimuler la colère ou l'attachement dans l'esprit de l'agonisant.

Quand vous avez un certain contrôle de votre esprit et du flux de l'énergie, il est possible de stopper leurs processus les plus grossiers et de manifester la Claire lumière, le niveau le plus subtil de la conscience. Cela permettra une meilleure renaissance. Si vous n'êtes pas en mesure de le faire, songez au moins aux qualités positives et de vertu aussi longtemps que vous demeurez conscient, et ne vous arrêtez pas aux pensées négatives. Si même cela ne vous est pas possible, il importe à tout le moins de préserver révérence et foi en votre maître spirituel et dans des objets du refuge comme le Bouddha.

Il est capital de créer un état d'esprit vertueux au moment de la mort. Il importe donc de vous familiariser avec ce genre de pratique tant que vous vivez et que vous êtes en bonne santé. Sans cette préparation, à supposer que vous soyez malade et accablé de souffrance, il sera difficile à l'extrême de vous concentrer sur des pratiques de vertu. Habituellement, le transfert de conscience a lieu quand on a reçu une indication claire que l'on va mourir et qu'il n'y a rien à faire. Avant la désintégration de ses éléments constitutifs, on transfère la conscience par la pratique spirituelle. Dès lors que votre expérience dans la vie suivante sera jusqu'à un certain point déterminée par votre motivation au moment de la mort, il est d'importance extrême qu'elle soit positive.

Pour entreprendre une telle pratique, épurez toutes vos fautes en révélant et regrettant vos méfaits. Vous y gagnerez confiance que même en mourant, vous n'aurez rien à regretter. Distribuez vos richesses et possessions aux autres, si bien qu'à l'instant de la mort, vous n'y soyez point attaché. Défaites-vous également de votre attachement à votre propre corps. Celui-ci est la base de l'idée fausse du soi, et c'est à cause de lui que vous êtes né dans l'un des six royaumes d'existence. En raison de votre attachement à la nourriture, au vêtement, etc., vous avez accumulé les dix actions mauvaises et les cinq méfaits pérennes (tuer sa propre mère, son propre père, tuer un arhat, blesser intentionnellement un Bouddha, semer la zizanie dans le sangha). Telles sont les causes qui vous précipitent dans le cycle sans fin de l'existence, où vous vous heurtez sans cesse à la souffrance. En conséquence, rompez l'attachement à vos amis, à vos parents ou à votre corps.

L'idée erronée du soi est d'ordinaire très forte au moment de la mort, car on est en train de perdre son corps. Par conséquent, tâchez d'établir la nature de l'esprit, son absence d'existence intrinsèque. Cela peut signifier deux choses : se concentrer sur la clarté de l'esprit, et se focaliser sur sa nature.

À la mort, le deuxième pouvoir est celui d'intention. Il faut approcher la mort dans une disposition d'esprit positive. Continuez de réciter des prières et méditez les étapes de dissolution de la conscience. Le troisième pouvoir consiste à contrer la négativité. En vous remémorant les inconvénients de l'illusion, déterminez de ne jamais les laisser vous dominer. Le quatrième pouvoir est celui de la prière. Priez afin de n'être jamais séparé de l'esprit éveillé, de n'être jamais soumis à l'emprise de la conception erronée du soi ni des émotions aliénantes qu'elle engendre.

Le cinquième pouvoir est de savoir. Il concerne le procédé physique d'être allongé sur le côté droit, la tête vers le nord, la main droite sous la joue droite, l'annulaire bouchant la respiration de la narine droite. Posez la main gauche sur la cuisse gauche. C'était la posture du Bouddha à son trépas. En raison du lien étroit entre corps et esprit, une posture physique détendue aide à calmer l'esprit au moment de la mort. Transférez votre conscience tandis que vous méditez la pratique du don et de la prise en charge en vous concentrant sur la respiration. Ces pratiques confortent vivement amour et compassion dans l'esprit.

Lorsqu'il s'agit de jauger jusqu'où l'esprit est exercé, le texte dit :

Intégrez tous les enseignements en une seule pensée.

Qu'ils soient les paroles mêmes du Bouddha ou des commentaires de ses disciples, les enseignements contenus dans les diverses Écritures ont un seul but : maîtriser la conception erronée du soi. Si vous constatez que vos activités, y compris l'étude et la contemplation, sont à l'origine d'un accroissement de votre fausse idée du soi, c'est que votre pratique et vos études sont en mauvaise voie. Si en revanche vous remarquez que votre pratique, vos études et la méditation vous aident à surmonter votre conception erronée du soi, cela prouve que vous êtes sur le bon chemin.

La primauté doit être accordée aux deux témoins.

Le jugement d'autrui ne saurait être le témoin réel de votre pratique. Il vous faut constamment surveiller votre esprit, sans vous leurrer vous-même.

Cultivez avec constance la bonne humeur de l'esprit.

Si vous êtes capable de poursuivre votre pratique du don et de la prise en charge tout en restant heureux, quand bien même vous rencontrez des difficultés ou vous recevez des nouvelles désagréables, c'est que votre pratique d'exercice de l'esprit est réussie.

Un esprit maîtrisé se mesure à l'aune de son retournement.

Cela implique une inversion de nos réactions normales. Par exemple, notre sens de la permanence nous mène à gaspiller notre vie. On la laisse s'écouler. Au bout d'une journée nonchalante, si vous regrettez le temps perdu, ce retournement indique que la domestication de votre esprit avance. Quelles que soient les circonstances, vous ne gaspillerez pas votre précieuse vie humaine, vous lui donnerez une signification. C'est également valable pour la réalisation de la vacuité. Normalement, nous percevons les choses comme dotées d'une existence intrinsèque, mais si, par le biais de la pratique, nous inversons cette perception en réalisant l'absence d'existence inhérente, c'est que l'esprit a été entraîné.

Cinq signes saillants marquent l'esprit maîtrisé.

Le premier des cinq signes de grandeur, c'est de voir en l'esprit éveillé l'essence de toute pratique : ce qui indique que vous êtes devenu un grand bodhisattva. En s'abstenant du moindre méfait par confiance dans le schéma de l'action et de ses résultats, c'est que l'on est devenu un fidèle observant de la discipline. Lorsque vous êtes à même de subir n'importe quelle difficulté afin de discipliner l'esprit et d'éliminer les émotions fourvoyantes, vous êtes devenu un grand ascète. Quand vous vous conduisez avec constance, en paroles et en actes, selon les principes du Grand Véhicule, vous êtes devenu un grand pratiquant de la vertu. Enfin, lorsque votre esprit est engagé avec persévérance dans le yoga de génération de l'éveil et de ses pratiques auxiliaires, c'est que vous êtes devenu un grand yogi.

Même distrait, l'esprit maîtrisé garde le contrôle.

Là, le contrôle mental spontané de celui qui a maîtrisé l'esprit est comparé au cavalier accompli qui ne tombe pas de cheval quand bien même il rue.

À propos des engagements de ceux qui s'entraînent à la maîtrise de l'esprit, le texte dit :

Exercez-vous sans relâche aux trois points généraux.

Ce qui veut dire que, dans l'entraînement de l'esprit, en premier lieu, on ne saurait contrarier des engagements liés à d'autres pratiques, tels des vœux de libération individuelle ou des vœux de bodhisattva. D'aucuns disent, « je suis engagé dans la pratique de maîtrise de l'esprit, tant pis pour ces menus détails » s'ils contreviennent à un engagement mineur. Cette attitude est en contradiction flagrante avec la pratique générale du Grand Véhicule. Un adepte de la maîtrise de l'esprit doit être à même d'intégrer l'essence de tous les enseignements du Bouddha à sa propre pratique.

Deuxièmement, parce que justement vous exercez votre esprit, vous ne pouvez vous comporter sans y prendre garde. Vous ne pouvez creuser une terre polluée, abattre des arbres menaçants ou troubler des eaux sales sous prétexte d'exercer l'esprit. Pas plus que vous ne sauriez rendre visite sans précaution à des personnes affligées de maladies contagieuses.

Troisièmement, quand vous êtes engagé dans l'entraînement de l'esprit, vous devez être impartial. À qui que vous ayez affaire, humain ou non, parent, ami ou ennemi, qu'il soit en haut ou en bas, vous devez vous comporter avec impartialité à l'égard de tous. Dès lors que vous vous livrez à cette pratique au profit de tous les êtres, vous devez générer amour et compassion à l'endroit de tous sans discrimination.

Pareillement, quand il s'agit de contrer les émotions fourvoyantes, elles sont toutes à éliminer. Il ne suffit pas de travailler sur quelques-unes d'entre elles uniquement. Il vous faut savoir comment appliquer l'ensemble des antidotes.

Avec vigueur engagez-vous dans les moyens puissants de
[cultiver les qualités,
et abandonnez les émotions perturbatrices.

En général, on ne saurait employer des méthodes coercitives pour soumettre des êtres, humains ou autres, car cela ne provoque que colère. Ici cependant, il nous faut user de contrainte contre les émotions aliénantes. Parmi elles, l'idée erronée du soi est la plus importante, car elle est la cause première de la souffrance. En conséquence, au cours de nos pratiques spirituelles d'écoute, de réflexion et de méditation, il nous faut faire tous les efforts physiques, verbaux ou mentaux afin d'imposer la transformation de l'idée erronée du soi.

Éliminer les émotions perturbatrices doit devenir en quelque sorte une obsession. Il faut se battre contre elles avec un profond ressentiment. Dès lors qu'elles sont si fortes et si solidement retranchées, le seul moyen de les détruire est de retourner la force de l'animosité, qui compte elle aussi parmi ces émotions, contre toutes les autres. Même sous la menace d'être brûlé, tué ou décapité, il ne faut jamais se rendre aux émotions fourvoyantes.

Subjuguez toutes les raisons (de l'égoïsme).

Afin de dépasser notre attitude égocentrique, il faut d'abord développer un sens puissant d'équanimité. Sinon, notre tendance naturelle à distinguer entre amis et ennemis nous empêchera de cultiver une attitude soucieuse du bien-être d'autrui :

Exercez-vous conséquemment à faire face aux situations
[difficiles.

Il existe cinq relations particulièrement sensibles. Dans l'ensemble, il est extrêmement sérieux de se mettre en colère ou de se mal conduire envers le Bouddha, votre abbé, ceux qui vous ont enseigné, ou vos parents. Il importe de s'en abstenir. Deuxièmement, il vous faut faire très attention à ne pas générer d'émotions perturbatrices à l'endroit des membres de votre propre famille, car vous vivez avec eux. Troisièmement, faites attention de ne pas souhaiter malheur à vos rivaux. Quatrièmement, quand ceux que vous aidez de votre mieux vous accusent de les négliger, retenez votre colère. Si vous vous emportez, vous pouvez ne pas être en mesure d'engendrer la compassion. Et enfin, il y a parfois des gens qui vous déplaisent d'instinct et immédiatement, sans qu'ils ne vous aient rien fait de mal. Soyez attentif à ne pas vous mettre en colère contre eux.

Ne vous fiez point à d'autres conditions.

Quelles que soient vos pratiques – écouter, penser ou méditer les enseignements –, elles ne dépendent guère de facilités extérieures.

Transformez votre attitude, mais gardez votre conduite [naturelle.

Bien qu'il soit bon de méditer la pratique d'éveil de l'esprit et d'amener ainsi une transformation mentale, vous n'avez pas besoin de vous comporter ou de parler de façon bizarre pour montrer que vous avez changé. Vos exercices de maîtrise de l'esprit n'ont pas à apparaître à l'extérieur, alors qu'ils devraient grandement améliorer l'intérieur. Maintenant que vous avez franchi le seuil de l'entraînement, le texte dit :

Ne parlez pas des erreurs d'autrui,
Ne vous mêlez pas des affaires des autres.

Il ne vous faut ni chercher la petite bête chez autrui, humain ou autre, ni en parler discourtoisement en public.

Renoncez à tout espoir de récompense.

Nous nous engageons à maîtriser l'esprit dans l'intention d'en faire profiter tous les autres êtres sensibles, et non pas pour mener la belle vie ou jouir de meilleures facilités matérielles. Notre objectif premier est d'accéder à la bouddhéité dans l'intérêt de tous.

Évitez la nourriture empoisonnée.

Encore qu'une nourriture délicieuse vise à étayer une bonne santé, mêlée à du poison, elle peut tuer. De même, en l'écoutant, en y réfléchissant et en méditant le dharma, nous nous proposons d'atteindre aux qualités d'un Bouddha. Cependant, contaminer la pratique et les instructions de l'enseignement par des soucis profanes, la fausse idée du soi et une attitude égocentrique équivaut à étouffer nos chances d'accéder à la libération ou à l'éveil plénier d'un Bouddha.

Ne persistez point en une loyauté mal placée.

Maintenir une loyauté inversée veut dire vous permettre un écart de conduite quand quelqu'un commet un impair à votre égard. Garder rancune et faire la tête est impropre. Cela bloque vos chances d'engendrer amour et compassion.

Ne vous livrez point au persiflage.

Ne vous querellez pas avec autrui, ni n'employez de mots durs qui brisent le cœur. Il est malvenu, disait le maître Che-ka-wa, de rappeler constamment aux autres le bien que vous avez fait, surtout quand ils n'en sont pas au courant.

Ne tendez point d'embuscade.

Ne gardez pas rancune pour une vétille, dans l'attente d'une occasion de représailles. Ce genre d'attitude intrigante, à l'affût du moment de frapper et de se régaler à l'idée de pousser quiconque à commettre une faute, est totalemment contraire à l'esprit de la pratique spirituelle.

Ne frappez pas au cœur.

Exhumer les erreurs d'autrui et les révéler est comme frapper un point vital. C'est une manière d'infliger une souffrance telle que la victime peut aller jusqu'à s'ôter la vie. Il est dit que ceux qui se délectent à débusquer les fautes des autres n'ont aucun sens de la pratique.

Ne placez pas la charge d'un cheval sur un poney.

Lorsque vous n'êtes pas en mesure d'assumer vos responsabilités, vous n'avez pas à en passer le fardeau à quelqu'un de moins capable de le porter. De même, si vous flairez un danger sur la route, vous n'avez pas à prendre une tangente en laissant votre compagnon poursuivre dans la direction initialement prévue.

Ne sprintez pas pour gagner la course.

En tant que membre d'un groupe, quand vous avez rendu un service, ne cherchez pas à récupérer la gratitude pour vous.

Ne faites pas des dieux des démons.

Si un quelconque aspect de votre pratique du dharma, en pensée, en paroles ou en action, sert à alimenter votre attitude égocentrique, c'est comme métamorphoser les dieux en démons.

Ne cherchez point le malheur d'autrui comme outil de [bonheur.

Ne vous servez pas non plus d'autrui pour atteindre votre bonheur, et ne vous réjouissez pas de ses malheurs. C'est d'ailleurs là un grave danger pour nous autres Tibétains, quand on entend parler d'un désastre en Chine. Au lieu de compatir, on pourrait ressentir une certaine satisfaction.

Concernant les préceptes d'entraînement de l'esprit, le texte dit :

Chaque yoga doit être accompli comme un seul.

Vous mangez ou vous vous habillez, quoi que vous fassiez, votre pratique de maîtrise de l'esprit doit l'influencer.

Deux activités sont à accomplir au début et à la fin.

Quelles que soient vos pratiques, au début, il vous faut avoir la bonne motivation. À la fin de la journée, il convient d'évaluer si vos actions ont été positives ou négatives. Si elles ont été positives, réjouissez-vous et félicitez-vous-en. Si elles ont été négatives, repentez-vous et admonestez-vous. Autre chose encore, tout autant que la bonne motivation est importante au début, la consécration l'est à la fin.

Entraînez-vous d'abord aux pratiques les plus faciles.

Si vous pensez qu'endosser les souffrances des êtres sensibles et leur donner votre bonheur ainsi que vos qualités de vertu est difficile, ne renoncez pas. En y habituant peu à peu l'esprit, vous vous accoutumerez à cette pratique.

Quoi qu'il arrive, de toute façon, soyez patient.

Que ce soit bien-être ou souffrance du corps et de l'esprit, essayez de les utiliser comme moyen d'accéder à la bouddhéité.

Gardez-les tous deux au prix même de votre vie.

Protégez les engagements de vos vœux comme il convient. Soyez spécialement soucieux des engagements de la maîtrise de l'esprit.

Exercez-vous aux trois difficultés.

Primo, il est difficile de se souvenir des antidotes des émotions fourvoyantes. Deusio, elles sont laborieuses à stopper. Tertio, il est malaisé d'y couper court. En conséquence, identifiez-les, réfléchissez à leurs inconvénients sous des angles divers, et faites un effort constant en vue d'y mettre un terme.

Transformez toute chose en voie du Grand Véhicule.

Lorsque vous vous exercez à l'éveil de l'esprit, il ne faut pas être partial à l'égard d'une petite poignée d'êtres sensibles. Incluez tous ceux des quatre sortes de naissance. Votre pratique ne saurait être comme celle du pêcheur qui va prier au temple. Il peut y aller et prier pour tous les êtres, mais quand il retourne chez lui, il continue de tuer des poissons. Ses prières sont de peu de poids, car sa conduite est en contradiction avec les avis du Bouddha à qui s'adresse sa prière. Sa visite est un peu plus qu'une balade. Votre esprit éveillé doit être omnicouvrant et impartial, et s'étendre à tous les êtres sensibles. En général, on manifeste spontanément sa sympathie quand on voit souffrir des êtres sensibles. Notre pratique ne doit pas se situer uniquement au niveau de la parole, elle doit venir d'un cœur de compassion.

À sa mort, le grand maître Che-ka-wa appela son proche disciple Se-chung-wa en lui disant : « Quelle honte ! Les choses ne vont pas comme je l'avais espéré, fais donc, je t'en prie, une offrande au Triple Joyau. »

Et Se-chung-wa de demander : « Qu'espériez-vous donc ? »

La réponse de Che-ka-wa : « En fait, j'avais toujours prié d'être capable de rassembler les souffrances de tous les êtres sensibles dans mon cœur, comme un voile de fumée noire, mais maintenant, je n'ai qu'une vision d'une Terre de félicité, qui est précisément ce que je ne voulais pas. » C'est ainsi qu'il convient de pratiquer.

De même, lorsque Gedun Gyatso, le deuxième dalaï-lama, était sur le point de trépasser, ses disciples le supplièrent de revenir parmi eux en lui disant : « Bien que vous soyez en mesure d'aller en Terre de félicité, épaulez-nous de votre bonté. »

Gedun Gyatso répondit : « En ce qui me concerne, je n'aspire nullement à renaître en Terre de félicité, je préfère reprendre naissance dans un monde impur où se trouvent des êtres sensibles qui souffrent. » C'est une belle illustration du courage du bodhisattva, qui prend la responsabilité d'œuvrer au bien-être des autres. Ces pratiquants-là aspirent à renaître n'importe où où ils puissent être le plus efficace au profit d'autrui.

Recherchez les trois conditions principales.

Quelle que soit votre pratique – écoute, contemplation et méditation –, la condition intérieure est une vie d'être humain libre et favorisé, doté des qualités de foi, de sagesse et d'effort. La condition extérieure est d'avoir trouvé un guide spirituel. Parmi les conditions accessoires, disposer de facilités pour se nourrir et se vêtir de façon convenable. Il faut en user modérément, sans qu'elles soient trop riches ou trop pauvres. Notre mode de vie doit suivre la voie moyenne, libre d'un extrême ou de l'autre.

Il importe en particulier que les personnes ordonnées ne mènent pas une vie trop luxueuse. Ce n'est là qu'un extrême ; l'autre est de penser que l'on puisse accéder à la libération en menant une vie démesurément ascétique, en négligeant sa santé, en se promenant nu, etc. Dans les ordres, il convient de porter la robe selon les prescriptions, non pas des vêtements ornés ou à longues manches. Bien entendu, le pratiquant tantrique peut garder les cheveux longs. Mais chacun doit observer ses propres dispositions disciplinaires. Les moines ne sont pas censés porter les cheveux longs. Si tel est le cas, on n'est pas sûr si ladite personne est ordonnée ou non.

Nous nous livrons à toutes sortes de pratiques spirituelles sans grand progrès visible. Cela indique un manque, quelque chose qui fait défaut. En disposant des conditions intérieures et extérieures nécessaires déjà mentionnées, nos qualités spirituelles se développeront comme la lune montante.

Purifiez d'abord les plus grossières.

Commencez par essayer d'éliminer les niveaux les plus grossiers des émotions perturbatrices.

Pratiquez ce qui est le plus efficace.

Dans l'ensemble, observer l'éthique importe davantage qu'une grande générosité, c'est la base d'un esprit stable. Un esprit paisible et calme nous permet de développer amour et compassion. Ce sont là des attitudes saines qui nous libèrent de la jalousie, de la peur et de la colère. Sous l'emprise de l'ire ou de la crainte, on cherche volontiers noise à autrui ; alors, les autres également prennent peur. Cela parce que les ayant blessés, on doit naturellement se garder d'eux au cas où ils voudraient prendre leur revanche.

La différence entre colère et attachement, c'est que la première conduit à blesser et crée une distance entre vous et les autres. Le second les rapproche de vous, mais sans impliquer un souci réel à leur endroit, ce qui finit aussi par déboucher sur des problèmes. Comme l'attachement et la colère, toutes les émotions fourvoyantes nous empêchent d'utiliser pleinement une qualité unique à l'humain, l'intelligence. Il est dit que nombre de nos grands débateurs répondent mieux quand ils sont remontés. Mais si l'orateur est calme, sa réponse sera vraisemblablement plus claire.

Une fois constatés les inconvénients des émotions aliénantes, il ne faut pas leur permettre de s'installer en nous. Le trait saillant de la pratique bouddhiste est de toujours déceler les travers de l'esprit et de les éliminer. Lorsque les croyants en un dieu créateur extérieur ont des difficultés, ils se tournent vers lui en quête d'aide. Ce n'est pas notre habitude. À la place, il y a lieu d'appliquer la pratique exclusive du Bouddha et de transformer notre esprit.

« Pratiquez ce qui est le plus efficace » signifie que, en les comparant, divers aspects de la pratique sont plus importants. Il ne faut pas se satisfaire d'un certain niveau de réalisation, il faut aussi travailler à gagner les degrés supérieurs. Pour l'exercice de l'esprit, on commence par les instructions préparatoires, comme la réflexion sur la rareté et le potentiel de l'existence en tant quêtre humain libre et favorisé. Les ayant convenablement exécutées, on les ajoute aux facteurs induisant l'éveil de l'esprit. Formez le vœu que cette réalisation serve à l'induire en vous. Réfléchissez également aux travers du cycle de l'existence. Toutes les pratiques et méditations que vous entreprenez devraient contribuer à affermir l'entraînement d'éveil.

Ne laissez point faiblir les trois facteurs.

Ne perdez pas votre respect pour le maître spirituel. Ne laissez pas se relâcher votre vigilance. Et ne perdez pas le sens de la joie en exerçant l'esprit.

Ne soyez jamais séparé des trois possessions.

Ne renoncez pas aux vertus physiques telles les manifestations de respect dues au maître spirituel et aux objets du refuge – prosternations, circumambulations, etc. Ne vous détournez point des vertus verbales, comme la prière. Ne permettez pas que l'on vous éloigne des vertus mentales, comme cultiver l'éveil.

Si vous rechutez, méditez l'antidote.

Si votre esprit rechute ou reprend ses vieilles habitudes, utilisez-le comme antidote. En entreprenant l'entraînement de l'esprit, d'aucuns disent souvent qu'ils trouvent qu'on les insulte davantage. Leur idée erronée du soi semble encore plus forte, et leurs émotions fourvoyantes paraissent s'accroître. Des facilités comme la nourriture et le vêtement semblent se raréfier. Des Tibétains peuvent avoir le sentiment que le Tibet a beau être un pays religieux, nous avons dû souffrir de le perdre, ce qui peut contribuer à miner la foi en le dharma. Ainsi lassé et désespéré, on a toutes les chances de retomber dans les vieux schémas de pensée. Le cas échéant, il importe de reconnaître combien c'est négatif. Au lieu de cela, pensez : « Tout comme je me suis laissé ainsi piéger, bien d'autres peuvent connaître pareille crise. Il serait tellement bon que la dépression par moi engendrée puisse prendre la place de toutes les attitudes inconsolées ressenties par les autres êtres sensibles ! »

Engagez-vous sur-le-champ dans les pratiques essentielles.

En ce moment, la pratique est ce que vous pouvez faire de plus important. Vous avez une vie humaine, il importe de garder la prochaine à l'esprit plutôt que de songer uniquement à celle-ci. Dès maintenant, il faut entreprendre étude et pratique à l'unisson. Des deux, la pratique de la méditation prime, car ce n'est qu'en s'y engageant que l'on peut finalement venir à bout des facteurs d'obstruction de l'esprit. Sans pratique réelle, il sera difficile d'en tirer véritablement profit. Parfois, quand vous suivez un traitement médical, ça peut faire très mal. On peut même devoir vous amputer une partie du corps, mais devant la nécessité de survivre, vous ne vous arrêtez pas à la moindre douleur. Lorsque vous rencontrez certains écueils dans votre entraînement, c'est le signe que vous pénétrez le mur épais des émotions perturbatrices. Avant, elles étaient si dominantes que vous ne vous en rendiez même pas compte. Attendu qu'elles sont désormais amoindries par la purification, vous en percevez les différentes catégories.

Là, il importe d'avoir beaucoup de discernement. Comme l'a dit Drom-ton-pa, « la vie est courte, alors que la connaissance est infinie. En conséquence, comme le cygne extrait le lait de l'eau quand ils sont mélangés, choisissez ce que vous pensez être le meilleur et qui convient le mieux à votre pratique ». Si vous continuez d'expliquer ou d'étudier sans pratiquer, cela ne sera pas très utile. Donc, générez l'éveil et ses pratiques auxiliaires dès maintenant, et priez de n'en être point dépourvu dans les vies ultérieures.

À l'avenir, portez toujours une armure.

Gardez votre corps, votre parole et votre esprit des actions négatives, et gardez-vous de la détérioration de votre pratique d'éveil.

N'appliquez point de compréhension perverse.

Il nous faut engendrer une compassion réelle lorsque les êtres sensibles sont affligés de souffrances à des degrés divers. Néanmoins, si en lieu et place, on génère de la sympathie pour ceux qui se heurtent à des difficultés tandis qu'ils écoutent, pensent ou méditent le dharma, si l'on est peiné pour eux, il s'agit d'une compassion mal placée, car ils font l'expérience d'écueils valables en vue de surmonter en fin de compte la souffrance. Il nous faut aspirer à accéder à la bouddhéité, mais si l'on aspire à des succès profanes comme le respect public, ce n'est pas bon. Il nous faut viser à amener tous les êtres sensibles à la bouddhéité, mais si l'on se contente simplement de faire des offrandes aux objets du refuge et à la communauté spirituelle, ce n'est pas la bonne conduite. Il nous faut nous réjouir du fond du cœur des vertus des Bouddhas et bodhisattvas, et nos propres qualités se multiplieront. Mais se réjouir du malheur qui tombe sur quelqu'un qui nous déplaît, c'est inapproprié.

Il nous faut garder notre patience pour les obstacles rencontrés dans la pratique du dharma. Autrement, si on se laisse prendre par les soucis communs, en essayant d'aider nos amis et de défaire nos ennemis pour contempler ensuite les souffrances qui en résultent, c'est de la patience mal placée. Ayant franchi le seuil du Grand Véhicule, il convient de goûter la saveur de la doctrine en l'écoutant et en y réfléchissant. Si l'on développe à la place un goût pour les objets des sens et pour le fruit de l'aide aux amis et aux proches en nuisant aux ennemis, ce n'est pas le bon choix.

Ne soyez pas intermittent.

La pratique d'entraînement de l'esprit doit être constante, et non pas discontinue.

Pratiquez sans fléchir.

Il faut pratiquer tout droit, sans hésitation.

Libérez-vous par l'examen et l'analyse.

Soyez toujours alerte et appliquez la vigilance mentale.

Ne soyez point vantard.

Même modestement, l'on peut aider les êtres sensibles, mais s'en vanter est contraire aux préceptes d'exercice de l'esprit.

Ne soyez point emporté.

Si vous voyez que vous perdez votre sang-froid à la moindre provocation, contrôlez-vous et ne répondez pas.

Ne faites point de tentative éphémère.

Au début, vous pouvez être plein d'enthousiasme, mais s'il faiblit et vacille, c'est en contradiction avec les préceptes d'entraînement de l'esprit. Votre effort doit être comme le flot d'une rivière – soutenu, continu et équilibré.

N'attendez aucune gratitude.

Il s'agit là de votre souhait de récompense immédiate. Ayant entrepris la pratique de l'exercice de l'esprit en vue d'accéder à la réalisation, le grand bodhisattva Che-ka-wa a dit : « Même si je meurs, je n'ai aucun regret. »

Chapitre VIII

DE LA VISION ÉVEILLÉE DE LA RÉALITÉ

Le but de l'esprit éveillé est double – accéder à la clarté et en faire bénéficier tous les êtres sensibles. Aujourd'hui nombreux sont ceux qui se demandent si les individus ont accès à la bouddhéité.

Il est possible d'y répondre effectivement une fois que l'on a compris que les émotions fourvoyantes ne sont que des altérations temporaires de l'esprit. Il existe des antidotes puissants et efficaces, comme la sagesse comprenant la vacuité, qui peuvent totalement les éliminer. C'est pourquoi il est essentiel de saisir la signification de la vacuité. Cela exige un apprentissage, car la vacuité n'implique pas un état de vide ou de néant. De quoi les choses sont-elles vides ? Selon l'école de la Voie du milieu, tous les phénomènes sont vides d'existence inhérente.

Dans ce contexte, arriver en premier lieu à comprendre la vacuité, puis y habituer nos esprits, est dit l'éveil ultime de l'esprit. On le qualifie d'ultime parce qu'il traite de la nature ultime du phénomène. Le texte précise que ces instructions ne sauraient être communiquées qu'à un récipiendaire approprié, sinon elles peuvent être pernicieuses. La question est de savoir comment faire la différence entre qui l'est et qui ne l'est point. En apercevant de la fumée, vous savez qu'il y a un feu, et en observant le comportement de certains oiseaux aquatiques, on peut savoir qu'il y a un lac à proximité. Ainsi, en examinant divers signes et traits, il est possible de saisir la nature de quelqu'un.

Lors d'une première rencontre avec un maître spirituel ou en écoutant certaines instructions, l'on ressent parfois un contentement ou une félicité inexplicables. C'est une indication que nous avons une quelconque relation avec eux, remontant au passé. L'un des signes qu'une personne est apte à recevoir l'instruction sur la vacuité est qu'elle ressente une foi profonde simplement en entendant les noms de ses grands adeptes indiens – Nāgārjuna, Aryadeva et Chandrakīrti. Autre indice, elle manifeste un grand intérêt et une réelle aspiration à en savoir davantage en suivant une explication de la vacuité.

Il importe tout particulièrement d'identifier qui est à même de recevoir ces instructions, sans quoi elles peuvent conduire à une attitude dangereuse, le nihilisme. Lorsque la vacuité, soit l'absence d'être en soi des choses, est expliquée à certains, ils se méprennent sur sa signification et disent qu'en fait rien n'existe. Surgit alors un danger, celui de condamner erronément la doctrine du Bouddha.

Autre risque guettant ceux qui manifestent intérêt et admiration pour la philosophie de la vacuité, c'est qu'ils le fassent simplement parce que les grands maîtres du passé l'ont appréciée. Eux-mêmes sans connaissance claire et nette de la vacuité, ils ne réalisent point qu'il leur est possible de fonctionner sur un mode conventionnel précisément parce que les choses sont vides d'existence intrinsèque. Si vous avez tendance à identifier la vacuité au néant, il y a danger de penser que les Bouddhas, bodhisattvas et tout le reste sont simplement vides, qu'ils n'existent pas, et donc, qu'ils sont incapables d'aider autrui. Si bien que votre relation au Bouddha et au Triple Joyau peut devenir inconsistante.

Si l'on explique la signification de la vacuité à ceux qui ne sont pas prêts, ils peuvent s'égarer et avoir peur de sa pratique. Des gens qui ont entendu un peu parler de la vacuité peuvent essayer de l'expliquer à d'autres en disant que, dans la mesure où tout est vide de nature, rien n'est bien ou mal. C'est une grave erreur. La vacuité n'équivaut pas à l'inexistence totale. Elle se réfère à l'absence d'existence inhérente des choses, ce qui signifie en fait que celles-ci adviennent en dépendance de causes et de conditions. En conséquence, il est incorrect de dire que vous pouvez faire n'importe quoi parce que les choses sont vides.

Un jour, Drom-ton-pa a dit à quelqu'un que sa main était vide de nature, comme l'était aussi le feu. Mais cela ne voulait pas dire que s'il mettait sa main au feu, elle ne brûlerait pas. Ce qui indique que la main et le feu existent, c'est qu'en mettant la main au feu, on se brûle. Mais la nature de cette existence dépend de plusieurs facteurs. Comprendre la vacuité en termes d'existence dépendante sera puissant et vous inspirera à observer strictement la loi de cause et effet.

Lorsque les instructions sur la vacuité sont données à des personnes appropriées, leur compréhension de la vacuité complètera celle de la manière dont les choses adviennent à partir de causes et conditions. En conséquence, elles réaliseront qu'afin d'aller plus loin dans leur appréhension de la vacuité au cours de leurs vies futures, il leur faut rassembler les causes et conditions nécessaires à une renaissance favorable. Dès lors, elles observeront la morale et s'engageront dans la générosité, la patience, et ainsi de suite. De la sorte, leur compréhension de la vacuité activera leurs progrès sur la voie de l'éveil.

Concernant le moment adéquat d'expliquer comment se former à l'éveil ultime de l'esprit, *Exercer l'esprit en sept points* dit :

Quand la stabilité est atteinte, communiquez l'enseignement [secret.

Il y a deux sortes de pratiquants. Certains s'exercent d'abord à la compréhension de la vacuité, puis développent l'esprit éveillé conventionnel. Les autres cultivent en premier lieu la compassion et l'éveil conventionnel, qui mènent finalement à la réalisation de la vacuité. La tradition que j'explique relève de la seconde voie.

Commencez par réfléchir à la valeur de la vie d'être humain libre et favorisé, ainsi qu'à la mort et à l'impermanence. Ainsi se crée la perspective qui vous pousse à vous engager dans la pratique de l'éveil de l'esprit. Une fois atteinte la stabilité de la pratique de cette voie, on explique la signification de la vacuité, ou de la vérité ultime.

Il importe d'acquérir d'abord une bonne compréhension des divers aspects de l'existence conventionnelle, soit comment les choses existent nominalement. Ensuite, l'on examine comment toutes ces choses qui existent conventionnellement sont dépourvues de nature propre – elles n'existent que par dénomination, ce qui veut dire que l'on peut songer à elles sous deux aspects. L'un est la vacuité, ou absence d'être en soi, et le second est leur dépendance d'autres facteurs. Lorsque l'on parle d'une chose existant de par sa dénomination, on dit qu'elle existe par rapport à la notion de son inexistence totale, mais qu'elle n'existe que parce qu'elle est désignée par un nom et une pensée. Voici ce qu'en dit le texte sur l'entraînement de l'esprit :

Considérez tous les phénomènes comme des rêves
Examinez la nature de la conscience non née
Le remède est lui-même délivré à son heure
Placez l'essence de la voie sur la nature du fondement de [tout.

Tous les phénomènes sont comme un rêve, car ils sont illusoires au sens où ils n'ont pas d'existence véritable. Analyser la nature ultime de la conscience, qui est non née, signifie apprendre que la sagesse qui comprend la vacuité est elle-même dénuée d'existence en soi. Lorsque vous analysez sa nature, l'esprit subjectif n'a pas lui non plus d'existence inhérente.

En y réfléchissant de la sorte, la première ligne explique l'absence d'être en soi des objets ou phénomènes extérieurs. La deuxième ligne expose l'absence d'existence inhérente du sujet, la conscience, ou phénomène intérieur. La continuité de l'esprit vient des temps sans commencement et n'est pas produite par des causes et conditions fortuites. C'est pourquoi elle est dite non née. Néanmoins, comme il est une continuité de moments, cet esprit est lui aussi dénué d'existence intrinsèque. La troisième ligne exprime que l'observateur ou la personne qui analyse est également vide d'être en soi. On s'y réfère parfois comme à la vacuité de la vacuité. La réalisation de la vacuité est l'antidote de l'idée erronée du soi. Cette vacuité-là est en un sens à son tour affranchie, car à bien l'examiner, elle n'a pas non plus d'existence intrinsèque. Comme le danger est grand de considérer qu'elle est permanente, absolue et réellement existante, le Bouddha a souligné que la vacuité elle-même doit être comprise comme dépourvue de nature propre.

Les trois premières lignes indiquent comment faire une méditation analytique. La dernière montre que par cette sorte d'analyse, on ne saurait déceler l'existence indépendante ou intrinsèque de quoi que ce soit. Et si l'on est incapable de la trouver, il faut méditer un point seul et unique, hors de tout laxisme ou excitation, l'absence elle-même d'être en soi. Ayant atteint à sa compréhension par analyse, laissez l'esprit reposer sans distraction en ce que vous avez saisi afin de l'absorber complètement. Quand on analyse et que l'on est incapable de mettre la main sur l'existence intrinsèque, cela ne signifie pas que les choses n'existent pas du tout, mais qu'elles n'ont aucune existence indépendante. Elles existent en dépendance d'autres choses.

Vous pouvez ou non vous fier à quelqu'un. Les deux idées s'excluent mutuellement et s'opposent l'une à l'autre. Auparavant, en raison d'une conception erronée, vous pensiez que les choses existent de manière indépendante. Mais maintenant que vous examinez la question de près, à la recherche d'une existence en soi, ou intrinsèque, vous êtes incapable de la trouver. Les choses existent, puisque nous ressentons bonheur ou souffrance à leur propos. Attendu que par analyse, on ne peut découvrir leur nature propre, il est clair que leur existence dépend d'autres facteurs. Les choses sont donc bien dépourvues d'existence indépendante.

Lorsque vous êtes en mesure de nier l'existence indépendante par ce processus, vous y gagnez une appréhension claire de l'absence pure et simple de l'existence intrinsèque. Arrivé là, sans chercher à pousser plus loin l'analyse, méditez simplement et uniquement ce que vous avez compris. Bien entendu, cela ne signifie pas nécessairement que plus jamais vous ne vous engagerez dans l'analyse. Je crois que l'essentiel ici est d'utiliser la concentration en un seul point davantage que l'analyse.

Le texte expose ensuite comment poursuivre la pratique après la session de méditation :

Entre les sessions méditatives, soyez comme un conjurateur,
[un créateur d'illusions.

Cela complète la brève explication de la signification des vers d'*Exercer l'esprit en sept points.* L'auteur néanmoins va plus loin et en donne une version plus élaborée. Il se tourne vers la tradition des grands maîtres indiens tels Nāgārjuna, Aryadeva et Chandrakīrti. C'était également l'approche du maître tibétain Tsongkhapa.

En premier lieu, il nous faut identifier l'ignorance, qui est la racine même du cycle de l'existence. Ensuite, on établit la signification de l'absence d'être en soi. On rencontre souvent le mot *ignorance* dans ces instructions. D'ordinaire, il signifie manque de connaissance, si bien qu'il y en a de diverses catégories. Dans le contexte du processus dit les douze liens de production dépendante, l'ignorance est au premier rang. Cela veut dire qu'à être ignorant, les liens restants du processus adviendront. Résultat, on reprend naissance dans le cycle de la naissance et de la mort.

Qu'est-ce que l'ignorance ? C'est le facteur opposé, le contraire de la conscience ou connaissance. Ce n'est pas simplement quelque chose d'autre que la conscience, ni son absence pure et simple. C'est à l'opposé complet de la conscience ou connaissance, conscience se référant ici spécifiquement à la sagesse qui comprend qu'il n'y a pas de soi, pas d'existence indépendante.

L'ignorance implique deux sortes de conceptions erronées du soi : celle des personnes, et celle des phénomènes. On fait une distinction entre les deux, car la personne est celle qui possède ou observe. Toutes les possessions et autres objets liés à la personne sont des phénomènes. C'est la personne qui veut accéder à la libération et jouir du bonheur. En vertu de l'ignorance ou de notre conception erronée du soi, l'on commence par saisir notre propre soi comme doté d'une existence propre. Puis, on identifie ses possessions comme « miennes ». L'objet de la conception erronée du soi par rapport aux personnes est le « je » conventionnel. Et ses objets liés aux phénomènes sont les phénomènes conventionnels. L'ignorance les exagère, percevant personnes et phénomènes comme existant indépendamment ou intrinsèquement.

Afin d'établir l'absence d'existence en soi, il faut contester ces exagérations. Il convient cependant de prendre soin d'identifier seulement ce que nous cherchons à dénier. Si l'on faillit à faire la différence entre l'existence vraie et la conventionnelle, nous risquons d'aller trop loin, jusqu'à nier l'existence en général. Nous serions alors incapables d'affirmer l'existence même des personnes et des phénomènes. Il s'ensuivrait que nous serions dans l'impossibilité de démontrer l'existence de la voie, et donc de l'éveil plénier du Bouddha qui en résulte. Nous serions également incapables de justifier l'infaillibilité du principe de la cause et de l'effet.

Semblablement, nous ne saurions sous-estimer ce qu'il y a à nier. Ce qui veut dire ne pas nier trop peu. Toutes les écoles philosophiques bouddhistes acceptent ce que l'on appelle les quatre sceaux. Le Bouddha a enseigné en premier lieu que tous les composés sont impermanents, ce qui signifie que chaque chose fait partie d'un réseau. Ensuite, que toute chose contaminée est souffrance. Cela ne signifie pas simplement nous y abandonner, car le troisième sceau dit que tous les phénomènes sont dénués de soi. Ils sont vides d'essence propre et sont dénués d'existence véritable. Telle est leur véritable nature, mais nos conceptions erronées nous font percevoir les phénomènes comme existant indépendamment. Si vous comprenez ceci, vous serez à même de trouver la voie de la libération, le chemin de sortie du cycle de l'existence. Le quatrième sceau pose que le nirvana, ou libération, est paix. De fait, ces quatre points résument les instructions du Bouddha.

Selon l'explication donnée de l'absence d'être en soi, il existe également des différences dans la manière de rendre compte des émotions fourvoyantes. À l'exception de celle de Chandrakīrti, toutes les écoles déclarent que l'ignorance est la racine de l'existence cyclique. Elles la définissent cependant comme ignorance intellectuellement acquise, ce qui signifie qu'elle découle d'idées philosophiques fausses. Néanmoins, seuls ceux qui ont étudié la philosophie pourraient être influencés par ces dernières. Si tel était le cas, comment expliquer la présence dans le cycle de l'existence d'êtres dont l'esprit n'est pas influencé par l'étude de la philosophie ?

Le grand maître indien Chandrakīrti a mis ce point en question. Il réfute la notion de l'ignorance comme base du cycle de l'existence et fondée uniquement sur la philosophie, car cette ignorance-là se retrouve même chez les animaux, qui n'ont aucune occasion d'étudier. Il disait que l'on pouvait considérer les animaux comme eux aussi concernés par une fausse idée du « je ». Si l'objet à nier se confine à une ignorance intellectuellement acquise, il sera trop restreint, et aucune libération ne serait possible. D'après Chandrakīrti, l'ignorance à la racine du cycle de l'existence est innée.

Selon l'école de la Voie du milieu de Chandrakīrti, quand bien même les choses ont une existence relative ou conventionnelle, il n'est pas nécessaire de trouver, lors d'une analyse plus poussée, qu'elles existent bel et bien. En vertu de cette interprétation, lorsque l'on soumet un objet à ce genre d'analyse, on ne saurait prouver qu'il existe de son propre chef. Comme l'on est incapable de déceler son mode d'autonomie, la conclusion en est que les choses adviennent en fonction de causes et conditions diverses.

En conséquence, on dit des phénomènes qu'ils existent validement en vertu de leur désignation par le nom et la pensée. Cela ne veut pas dire que votre esprit peut fabriquer tout ce qu'il veut, que vous pouvez créer n'importe quoi comme un magicien. La vacuité d'être en soi signifie que l'existence dépend d'autres facteurs, et la signification de la production dépendante est vacuité. Aussi Nāgārjuna a dit que connaître la nature vide de tous les phénomènes et se fier au principe de l'action et de ses résultats constituait la pratique la plus merveilleuse.

Selon cette explication, l'idée fausse du soi appréhende son objet sur le mode suivant : que l'objet soit une personne ou une entité physique, si vous le voyez non pas comme simplement désigné par l'esprit, mais doué d'une existence objective, c'est ce qu'il faut nier. Cette absence d'existenceau sujet d'une personne est appelée absence d'être en soi de la personne, et à propos du corps ou d'autres entités physiques, elle est dite absence d'être en soi des phénomènes. Le soi est quelque chose qui a une existence intrinsèque sans dépendre de rien. Son absence est l'absence d'être en soi. Et elle est de deux sortes : des personnes, et des phénomènes.

Pour comprendre le concept de phénomène en tant que désigné – dépendant simplement de noms et de concepts –, on peut prendre l'exemple de la corde et du serpent. En apercevant une corde roulée au crépuscule, vous pouvez la prendre par erreur pour un serpent et vous avez peur. En vous rapprochant de la corde, vous verrez qu'elle n'a aucune caractéristique de serpent, ni forme ni couleur, rien ; vous êtes incapable de détecter le serpent dans la corde. De même, on a beau s'appeler Untel ou Unetelle, si on essaie d'analyser qui nous sommes réellement et en nous efforçant de débusquer ladite personne dans notre ensemble de composants physiques et mentaux, nous serons incapables de la trouver. Tout comme le serpent n'existe pas dans la corde enroulée, les phénomènes n'existent pas par eux-mêmes, quelque part, « juste là » dans les objets eux-mêmes.

Dans notre dénomination, nous nous trompons quand nous prenons une corde pour un serpent ; nous serions incapables de trouver le moindre reptile en le cherchant sur cette base. De même, on peut parler de quelqu'un et de ses possessions, mais à chercher la personne réelle, nous ne la trouverons pas. Mieux encore, que nous lui donnions un nom tibétain, indien ou anglais, on se réfère à quelque chose. Mais en la traquant par analyse, sans nous satisfaire uniquement du label ou du concept, nous ne la découvrirons point.

Cela montre que rien n'existe de par soi. Ce qui n'indique pas pour autant que les choses n'existent pas du tout, car nous pouvons établir un rapport avec elles. Attendu qu'elles existent uniquement sur le mode conventionnel ou relatif, on peut seulement dire qu'elles existent par dénomination. Après avoir mal perçu un serpent dans une corde enroulée, on cherche sans découvrir le moindre aspect du serpent dans la corde – ni dans son assemblage de parties, ni dans la corde elle-même, pas plus que dans l'une de ses parties.

Le serpent imputé à la corde n'existe pas. Néanmoins, le soi posé sur la base de la collection de composants physiques et mentaux d'une personne existe bel et bien. Donc, les choses n'existent pas simplement d'avoir été mentalement créées. Si bien que la question est de savoir pourquoi, en posant le label *serpent* sur la base du corps du serpent, il existe, mais quand on applique le même label à la corde, il n'existe pas. Qu'est-ce qui distingue les deux ? La différence, c'est que le label posé sur la base du corps du serpent répond à une convention, il existe donc au niveau conventionnel. Quand le label *serpent* est appliqué sur la base d'une corde enroulée, il n'est même pas accepté conventionnellement. Ainsi, quand on parle de « je » ou de soi, quel que soit le phénomène choisi pour examen, il n'y a pas d'entité substantielle de la part de l'objet. Les phénomènes dépendent d'autres causes et conditions, et par conséquent, ils n'existent pas par eux-mêmes. Ils n'ont pas d'existence intrinsèque. Autrement dit, il n'y a point d'auto existence.

Que ce soit le Bouddha, un être sensible ou une maison, n'importe quoi, quand on le cherche dans ses parties, on ne le trouve pas. Ce qui montre que les choses n'existent qu'en dépendance de noms et de concepts. Lorsque vous y avez réfléchi et que vous en avez saisi quelque compréhension, rapportez-vous-en à votre propre expérience. Observez comment les choses vous apparaissent. Elles ne tendent pas à apparaître comme si elles étaient désignées par des noms ou des concepts, elles semblent avoir un statut indépendant intrinsèque, qui leur est propre. Ce qui indique qu'il y a divergence entre la manière dont les choses nous apparaissent et leur mode d'exister en réalité. Pensez d'abord à cela en termes d'identification de l'objet à nier, qui est l'objet existant en lui-même. Puis songez à la façon dont les choses existent réellement, en simple dépendance de noms et de concepts.

Depuis la forme jusqu'à la nature du Bouddha, tout phénomène est dépourvu d'existence en soi. La vacuité elle-même n'a pas d'existence indépendante, ce qui fait que nous parlons de la vacuité de la vacuité. Tous les phénomènes sont dénués d'existence inhérente. En conséquence, avoir une existence intrinsèque ; avoir une existence de par sa propre nature ou de par soi-même ; avoir une existence ultime, véritable ou réelle – tout cela signifie la même chose. Autant d'objets à nier.

En méditant la signification de l'absence d'être en soi, il convient d'examiner comment la fausse idée innée de soi advient à l'esprit. Ici, c'est la méprise innée qui importe plutôt que les conceptions erronées induites par l'étude d'une philosophie défaillante. Pour avoir une bonne compréhension, il faut s'appuyer sur un maître spirituel. Pour examiner votre sens inné du soi, il faut être prudent. Parfois, quand quelqu'un vous repousse, vous insulte ou vous accuse, il vous exaspère. Vous vous dites : « Comment il ose ! » À ce moment-là, votre soi inné va gonfler. De même, le soi inné apparaît quand vous ressentez un profond attachement ou de la colère. Bien entendu, cela ne veut pas dire qu'il n'advient qu'en ces occasions ; il est habituellement en nous. Mais à ces instants-là, il est plus facile de le saisir.

Là, il faut être attentif à la façon dont ce sens inné de soi apparaît dans notre propre expérience. C'est particulièrement visible en des moments de fort attachement, d'orgueil ou d'indignation. Une autre approche consiste à étudier un texte expliquant la nature du soi et de l'absence d'être en soi, ce qui servira de base à l'analyse. En scrutant de la sorte la nature du soi, vous arriverez à la conclusion que l'on ne saurait le trouver. L'incapacité à le détecter n'indique pas sa non-existence totale, car vous savez de par votre propre expérience qu'il existe conventionnellement. Lorsque vous avez acquis une certaine compréhension du mode d'existence des choses par le nom et la pensée, il faut à nouveau observer comment les choses vous apparaissent. En comparant votre compréhension à votre expérience, vous serez à même d'avoir une image plus claire de la nature du phénomène – que les choses adviennent dans la dépendance de causes et de conditions, et non pas de façon indépendante.

Normalement, chaque chose nous apparaît par l'intermédiaire de nos consciences sensorielles ou mentales. Et chacune paraît dotée de sa propre existence indépendante. Pourtant, par l'étude et l'observation de notre propre expérience, on peut graduellement arriver à comprendre la signification de l'absence d'être en soi. Par la suite, étudier et expérimenter comment les choses apparaissent renforceront la compréhension qu'elles n'adviennent pas indépendamment. Il importe d'une part, d'étudier ce qui est expliqué dans les livres, mais il convient également d'autre part, de vérifier comment les choses vous apparaissent dans la vie normale de tous les jours.

Maintenant, comment cette ignorance sert-elle de racine au cycle de l'existence ? La notion innée d'un soi à l'existence inhérente donne naissance à la notion de possessions, les choses étant identifiées comme « miennes ». Ce qui, à son tour, fait surgir l'attachement, nous induisant ainsi à nous engager dans des actions négatives, qui à leur tour produisent une renaissance dans le cycle de l'existence. La renaissance dépend des actions karmiques, qui elles-mêmes découlent des émotions perturbatrices. Par exemple, « mon » désir de bonheur nous empêche de voir les inconvénients de pareille attitude. Donc, c'est notre tendance innée à penser « je » et « mien » comme existant en soi qui sert de racine au cycle de l'existence.

Afin d'éliminer la fausse idée de soi, il faut établir la notion d'absence d'être en soi. Pour ce faire, il convient de comprendre comment l'ignorance appréhende son objet et en tirer la conclusion que l'objet d'un tel malentendu est non existant. En familiarisant votre esprit avec cette compréhension, vous serez à même d'écarter la conception erronée du soi. Sauf à réaliser la non-existence de l'objet de l'ignorance, vous ne serez pas en mesure de lever l'équivoque du soi lui-même. Le germe, ou la racine, du cycle de la vie et de la mort est l'ignorance qui conçoit l'existence véritable. C'est uniquement en la dissipant par la réalisation de la vacuité que nous serons aptes à prévenir une renaissance dans le cycle de l'existence. Lorsque l'on se sent fatigué d'avoir trop travaillé, on se repose. Quand bien même cela aide momentanément, ça ne résout en rien le vrai problème. Le surmonter requiert d'y faire face et d'y apporter une vraie solution. Pareillement, l'ignorance ne saurait être éliminée simplement en nous fermant l'esprit, comme le suggèrent certains adeptes de la méditation non conceptuelle. Mieux vaut méditer la sagesse qui comprend la vacuité. Si vous méditez autre chose, votre méditation sera hors de propos.

Ce n'est que par une familiarité constante avec l'analyse niant l'existence en soi que vous serez capable de réaliser la vacuité et de subvertir l'ignorance. Simplement penser que les choses sont vides de nature et n'ont pas d'existence inhérente n'aidera guère à éliminer l'ignorance. En l'identifiant à chaque type d'expérience conceptuelle, cela implique que toute expérience consciente équivaut à l'ignorance se méprenant sur la nature véritable des phénomènes. Tel n'est cependant pas le cas : la pensée conceptuelle concevant une personne en tant que telle est valide, mais celle imaginant quelqu'un vu en rêve en tant que personne ne l'est pas. Bien que ces deux consciences aient en commun l'absence d'existence réelle, il est important de faire la différence entre les deux. L'une est une expérience valide, et l'autre pas. De même, le Bouddha, les êtres sensibles, le cycle de l'existence et l'état au-delà de la peine sont semblables, au sens où ils sont dépourvus d'existence intrinsèque. Malgré cela, il vous faut être capable de distinguer entre ceux qui sont des objets auxquels aspirer, et ceux qu'il convient d'écarter ou d'éviter.

Comment établir la thèse de l'absence d'être en soi ? Le soi des personnes et le soi des phénomènes sont tous deux à récuser. En termes de subtilité, il n'y a pas de différence entre eux. Cependant, dû à une certaine différence de subtilité dans la nature de l'objet, il est dit que le non-soi des personnes est plus aisé à réaliser.

Afin d'établir le non-soi des personnes, il faut d'abord comprendre ce que signifie le soi ou la personne. Il existe diverses interprétations selon les différentes écoles bouddhistes. Le véritable objet de la conception du soi est le « je ». C'est quelque chose qui existe sur le plan conventionnel en tant que phénomène désigné, nommé en se fondant sur des composants physiques et mentaux. Selon Chandrakīrti, nul assemblage de composants physiques et mentaux ne saurait être une personne. Il dit que nous créons un sentiment de « je » par rapport à eux, mais que nous ne saurions en voir aucun en tant que « je ». Nous y songeons en tant que « miens ». Par exemple, on regarde ses pieds et on dit : « Ce sont mes pieds. » Nous ne nous identifions pas complètement à nos pieds, à notre esprit, ou à n'importe quel autre de nos composants physiques et mentaux.

Par ces exemples, on se rapproche de la compréhension que la personne est simplement un nom attribué sur la base de composants physiques et mentaux. L'agencement physique d'une personne est constitué de tous ces éléments divers, qui ne sont pas, individuellement, la personne. Pas plus que la personne n'est cet assemblage. Et pourtant, nul n'en est détaché ou séparé. Donc, la personne existe uniquement en tant que nom ou appellation. Identifier comment le soi ou la personne existe comme label ou dénomination révèle l'absence de son existence indépendante ou intrinsèque. C'est ce que l'on entend par établir l'absence d'être en soi des personnes. Ainsi, il est dit que plus votre compréhension est approfondie du mode dont les choses sont posées uniquement par label ou désignation, plus aiguë est votre conception de la vacuité.

Il y a deux manières de présenter l'absence d'être en soi de la personne : en montrant qu'il n'y a pas de « je » à l'existence inhérente, et en montrant que rien n'existe intrinsèquement en tant que « mien ». La nature ultime du soi est un phénomène que nous ne pouvons expérimenter directement. Dans l'ensemble, les phénomènes sont de types divers. Certains sont évidents et susceptibles d'être directement perçus. Ils ne demandent pas de preuve logique. D'autres sont au-delà de notre expérience directe. Pour les percevoir, on doit se fier à un quelconque raisonnement logique. La vacuité entre dans cette catégorie, elle requiert une approche logique. Si notre entendement de l'absence d'être en soi se borne uniquement à croire ce qu'a dit le Bouddha, rien que ses paroles, ce ne sera pas correct.

En vue d'établir que le « je » est dépourvu d'existence inhérente, examinez en premier lieu votre propre esprit et identifiez la manière dont la conception innée du soi appréhende son objet. Il y a deux méthodes : la méditation analytique, et la méditation sur un seul point. La méditation analytique, dans laquelle nous sommes ici engagés, se fait en utilisant divers schémas logiques. Si le « je » existe tel que nous l'identifions, en soi, il doit soit être un avec nos composants physiques et mentaux, soit à part. Il n'y a que ces deux possibilités, sans autre option entre elles. Si le « je » existe indépendamment, il ne saurait dépendre des composants physiques et mentaux de la personne. Soit ceux-ci sont eux-mêmes le « je », soit le « je » n'a aucun lien avec eux. Si les composants physiques et mentaux sont le « je », quand ils se désintègrent à la mort, le « je » lui aussi se désintégrera. De même, tout comme la personne laisse derrière elle son corps lorsqu'elle meurt, le « je » sera également abandonné. Mieux encore, si le « je » était réellement un avec les composants physiques et mentaux, comme il y en a beaucoup, il y aurait beaucoup de « je » en une seule personne.

Si le soi ou le « je » de cette vie et de la prochaine n'avaient aucune relation entre eux, ils n'appartiendraient pas au même continuum. Les actions bienfaisantes accomplies dans cette vie n'affecteraient pas la continuité de la suivante. Dans ce cas, quoi qu'expérimenterait la personne dans sa vie ultérieure serait dénué de cause ou de condition, puisqu'elle n'aurait pas elle-même créé ces expériences dans la mesure où elle n'aurait aucun lien avec la personne de la vie antérieure. De la sorte, il est possible de repérer les inconsistances de la notion selon laquelle la personne est soit véritablement une avec, soit séparée de ses composants physiques ou mentaux. Réaliser cela conduit à comprendre qu'il n'y a pas de personne à l'existence intrinsèque, réelle ou indépendante. Une fois établi ce constat, vous aurez réalisé l'absence d'être en soi de la personne.

Ensuite, on peut fonder l'absence d'existence inhérente de « mien ». Réfuter l'existence d'un soi indépendant ou inhérent mène à comprendre également l'absence d'existence indépendante de ses biens. Nul besoin de repasser par différents raisonnements. Comme l'a exprimé Nāgārjuna, « si le soi n'existe pas (intrinsèquement), comment « le mien » pourrait-il exister ? ».

De même, ayant posé l'absence d'être en soi de « je » par rapport à soi-même, on peut élargir la logique ainsi appliquée en vue de comprendre également l'absence de nature propre d'autres personnes.

Pour établir le non-soi des phénomènes, l'identification de l'objet à réfuter est semblable à celle expliquée à propos de l'absence d'être en soi des personnes. Là encore, on applique le raisonnement de carence de singularité et de pluralité. Simplement, on déplace le point de mire de la personne à un phénomène comme le corps ou un livre, et l'on détermine qu'en dernier ressort, il n'est ni un ni multiple. Des phénomènes comme les composants physiques ou mentaux d'une personne ne sont réellement ni un ni plusieurs parce qu'ils possèdent des parties. Donc, ils n'ont pas d'existence innée. Dans notre corps physique, il y a des éléments internes, et nous dépendons parallèlement d'éléments externes. La relation de dépendance entre eux est facile à comprendre. Tous les phénomènes ont des parties, et il n'en est point qui en soient dépourvus. Si une chose a une forme, elle a des parties, car elle s'étend en des directions diverses. Si elle est sans forme, comme la conscience, ses parties sont les différents moments de sa continuité.

Une fois saisi cela, il est plus facile de comprendre le raisonnement de la production dépendante. Quand bien même le phénomène existe nominalement par convention, à le rechercher par analyse, il demeure introuvable. Ainsi, on arrive également à comprendre la production dépendante, qui signifie que les choses existent par dénomination. En réalisant sa signification, on comprend aussi que les choses sont dépourvues d'existence indépendante. Si elles existaient indépendamment, elles ne pourraient pas advenir en dépendance d'autres facteurs. Un phénomène ne saurait advenir en dépendance tout en ayant une existence indépendante.

Voir votre reflet dans un miroir est un bon exemple de production dépendante. Nombre de facteurs ont été réunis pour qu'il vous soit possible de voir votre reflet, ne serait-ce que la présence du miroir. En regardant la glace, vous voyez un reflet de votre visage, tout en sachant que l'image n'est pas votre visage. Ainsi, causes et conditions donnent naissance à des choses, dépourvues néanmoins d'existence indépendante. De tous les raisonnements utilisés en vue d'établir la vacuité, le plus important est celui de la production dépendante. Comme cela a déjà été dit, nourrir des desseins malfaisants envers autrui ne peut que nous nuire. Et si l'on se conduit bien à l'égard des autres, cela nous aidera autant qu'eux. Ce qui indique une relation entre l'attitude et ses conséquences. De même, en raison de notre longue accoutumance à l'idée erronée du soi ainsi qu'à différentes sortes d'émotions aliénantes dans le passé, leurs effets se font sentir dans cette vie. Tels sont les moyens de comprendre la production dépendante de par notre propre expérience.

Attendu que tous les phénomènes n'existent qu'en corrélation, ils ne sauraient être indépendants. Les phénomènes extérieurs dépendent de leurs parties. La conscience ne peut être posée qu'en se fondant sur un ensemble de moments dans un continuum. Certains phénomènes ne sauraient se situer qu'en interdépendance, comme l'action et l'agent. De la même manière, parent et enfant sont mutuellement dépendants. Quelqu'un est parent uniquement parce qu'il ou elle a un enfant, tandis qu'un fils ou une fille s'appellent ainsi exclusivement par rapport aux parents. Pour mentionner un exemple, à l'analyse, on constatera qu'un homme ne devient père qu'à partir du moment où il a un enfant. Nous avons cependant tendance à supposer qu'il y a d'abord le père. Il en va de même pour les noms de métier ou de commerce. Un tailleur est ainsi nommé à cause de l'action de tailler.

Si l'on essaie d'aller plus loin dans ce sens, à la recherche de l'essence du nom, on ne trouve rien. D'où l'apparition de contradictions et de frustrations, car bien que les choses n'existent qu'en raison de leur dénomination ou imputation, nous nous rapportons à elles comme si elles étaient indépendantes et existaient par elles-mêmes. Être dépendant ou indépendant est une dichotomie dont les termes s'excluent mutuellement. Il n'y a pas de possibilité tierce. Dans la mesure où toute chose est dépendante de nature, elle ne saurait être indépendante. Comme le soi prétend être indépendant, la simple absence ou négation de ce statut indépendant est l'absence d'être du soi, ou la vacuité. Si l'on pousse la compréhension de la production dépendante à son niveau le plus profond et le plus subtil, on parvient à l'entendement de la vacuité. Si vous n'avez pas d'espace vide, vous ne pouvez construire un bâtiment. Pareillement, si les phénomènes n'étaient point vides de nature, ils ne sauraient posséder autant de qualités différentes. Comprendre la vacuité d'existence inhérente peut inspirer l'entendement de la production dépendante. Et en réfléchissant à cette dernière, cela mène immédiatement et automatiquement à la compréhension de la vacuité.

Il est correct et approprié d'expliquer la production dépendante et l'absence d'existence inhérente en employant un seul objet, afin que la compréhension de sa vacuité renforce la perception de sa production dépendante. Mais si votre entendement de la vacuité amoindrit celui de la production dépendante, c'est que quelque chose cloche dans votre approche. Lorsque votre compréhension des deux est complémentaire tout en les renforçant mutuellement, vous serez à même de les entendre toutes deux à partir d'un seul objet. Toutes les écoles philosophiques posent que les apparences dissipent l'extrême du nihilisme, et que la vacuité dissipe celui de l'absolutisme.

Engagé dans la méditation de la vacuité, deux facteurs déstabilisants sont à éviter : les notions extrêmes de l'absolutisme et du nihilisme. Le trait distinctif du raisonnement concernant la production dépendante est d'avoir le pouvoir de dissiper simultanément ces deux extrêmes. Le texte dit que la vacuité d'existence intrinsèque imprègne toute chose, de la forme jusqu'à l'esprit pleinement éveillé. Il ne s'agit pas là d'un simple postulat philosophique ni d'un dogme nihiliste, car sa compréhension mène à l'entendement de la production dépendante. C'est un objet de sagesse qui réalise la nature ultime du phénomène. Sa réalisation conduit à éliminer les deux entraves – les émotions fourvoyantes et les obstructions à l'omniscience.

Comment entreprendre cette pratique durant la méditation stabilisatrice ? D'aucuns plaident uniquement la méditation d'un état non conceptuel de l'esprit. D'autres enseignent simplement le retrait de l'esprit de l'objet à réfuter. Aucune de ces approches cependant ne suffit. Mais si vous utilisez l'analyse et que vous êtes incapable de trouver l'existence du soi en lui-même, c'est là le point qui servira d'assise à votre méditation. Pour méditer le non-soi des personnes, il faut savoir comment l'idée erronée du soi conçoit le « je » doué d'existence inhérente, ou existant en lui-même. Il ne suffit pas de dire simplement que le « je » n'existe pas de telle ou telle façon. Il importe d'avoir d'abord clairement conscience de l'objet à nier. Ensuite, vous pouvez réfuter son existence, celle du soi, sans quoi vous ne serez pas en mesure de réaliser l'absence d'être en soi.

Toutes les misères que nous endurons sont dues à l'ignorance, dont l'objet est un soi à l'existence intrinsèque. La vacuité d'existence inhérente est la simple négation, ou l'absence de ce soi. En méditation, identifiez en premier lieu l'objet à nier, le soi existant de par sa propre nature. Établissez l'absence d'être en soi sur cette base. Gardez cette réalisation comme objet de méditation, et laissez votre esprit s'y absorber sans rien affirmer. Cette méditation d'absorption unipointée doit être maintenue avec une puissante conscience de l'absence d'être en soi de la personne. C'est à consolider par une analyse répétée. Réfléchissez maintes fois aux raisonnements témoignant de l'absence d'être en soi. Si la force de votre constat fléchit tandis que vous demeurez absorbé, ce ne sera pas une méditation de la vacuité. Si le pratiquant commence par identifier correctement l'objet à nier, puis le réfute par le raisonnement et appréhende cette négation tout en cultivant fortement le constat, il s'agira d'une compréhension correcte de la vacuité. Sinon, continuer simplement à penser que les choses n'existent pas de façon intrinsèque, sans avoir identifié avec précision l'objet à réfuter, ne saurait mener à l'entendement requis.

Comment cultiver la tranquillité mentale, un esprit calme fixé en un seul point ? Une manière de faire est de se former à l'éthique, qui en ce sens se refère à garder le pratiquant de l'influence d'une attitude égocentrique. Une autre consiste à s'exercer à la sagesse par la compréhension de la vacuité d'existence inhérente. Cependant, n'en faire l'expérience qu'une ou deux fois ne suffit pas. Il importe de développer la clarté d'esprit en se fondant sur cette réalisation. Il vous faut la cultiver jusqu'à ce qu'elle devienne spontanée. Cela ne saurait se faire qu'en développant constamment cette familiarité par la méditation, qui finit par déboucher sur une perception directe de la vacuité. À cette fin, il convient de pratiquer la méditation unipointée. Sinon, l'entendement de la vacuité ne sera ni stable, ni solide. Après avoir appliqué l'esprit apaisé à la signification de l'absence d'être en soi, réengagez-vous dans l'analyse du non-soi. Puis familiarisez-vous avec la technique d'équilibrage entre l'esprit apaisé et la conscience discernante. Lorsque vous aurez retiré une souplesse nouvelle de l'impact de la méditation analytique, vous aurez acquis une perspicacité particulière. Le texte dit :

Entre les sessions méditatives, soyez comme un conjurateur, [un créateur d'illusions.

Comment le comprendre ? Il est dit qu'au sortir d'une méditation unipointée, les phénomènes solides comme un rocher ou une colline peuvent sembler quelque peu différents, comme si c'était des créations de notre propre esprit. Ce n'est pas ce que veut dire illusion dans le contexte présent.

Quand vous percevez toute chose comme un mirage, une illusion ou un rêve, de manière que rien n'ait d'existence intrinsèque ou indépendante, c'est sa véritable façon d'apparaître comme illusoire. À partir de la forme jusqu'à l'esprit pleinement éveillé, il vous faut voir tous les phénomènes comme des illusions. Pendant la session méditative proprement dite, vous réfutez l'existence inhérente du phénomène et vous voyez la vacuité comme de la nature de l'espace. En sortant de méditation, vous voyez les phénomènes comme illusoires et trompeurs. Bien que dépourvus d'existence véritable, ils paraissent encore en être dotés. Il y a donc contradiction entre le mode d'exister des choses et la manière dont elles apparaissent. En être conscient, voilà ce que veut réellement dire ici voir les choses comme autant d'illusions. Il est dit qu'après avoir réalisé la vacuité, il n'est pas nécessaire de s'évertuer à ce que toute chose apparaisse comme un leurre : cela vient naturellement.

L'auteur déclare que dans le passé, certains érudits se sont mépris sur le sens de l'exemple de l'illusion. Ils l'ont interprétée en expliquant que rien n'existait. Ils disaient que même si les personnes apparaissaient comme des personnes, en réalité, il n'y avait personne, et ainsi de suite. C'est là une compréhension erronée de la vacuité. Si un vase n'était pas un vase, comment pourrait-il être un pilier ou quelque chose d'autre ? Il faudrait alors dire que le vase n'existe pas du tout. Si tel était le cas, faute de base pour l'expliquer, il n'y aurait pas non plus de vacuité. Une parfaite compréhension de la vacuité doit renforcer l'entendement de la production dépendante. Elle ne saurait dénier l'existence même du phénomène.

L'illusion peut être de deux sortes. L'une se réfère à la vacuité, qui signifie que bien que les choses existent, elles sont dépourvues d'existence véritable ou inhérente. L'autre interprétation veut que tout en étant dénuées d'existence véritable, elles projettent l'apparence d'exister ainsi. Quand un magicien conjure un cheval d'illusion, le coursier magique apparaît à sa perception visuelle. Mais dans son esprit, il sait que c'est un leurre et que ce n'est pas réellement un cheval. Donc, il perçoit sa nature illusoire. Pareillement, lorsque l'on réalise la vacuité, même les choses qui paraissent exister véritablement, on les perçoit comme illusoires.

Avant d'arriver à un certain degré où il est effectivement possible d'améliorer notre compréhension de la vacuité, il est très difficile de distinguer entre existence réelle et existence inhérente. Il n'empêche, en ce qui concerne l'existence, nul doute à avoir, car elle est attestée par notre propre expérience. Telle est la prémisse sur laquelle étayer les raisonnements pour récuser le statut indépendant de la nature des phénomènes, en prouvant qu'ils sont de nature dépendante. Si vous êtes capable de réfuter ce sens d'une existence indépendante en vous fondant sur votre propre expérience, le mode d'existence qui demeure n'est plus que nominal, une simple désignation ou appellation. Il est dit que quiconque a réalisé la vacuité est à même de distinguer entre existence et existence indépendante. Néanmoins, même cette personne ne serait pas en mesure de l'expliquer de manière convaincante à quelqu'un d'autre qui ne l'a pas réalisée par lui ou par elle-même.

En faisant un effort personnel, la vacuité que nous apprécions en tant que nature véritable de la perfection de la sagesse ne sera initialement réalisée qu'intellectuellement. Cette réalisation n'est pas la force d'opposition effective en mesure d'éliminer les émotions perturbatrices. Plus tard cependant, grâce à une familiarisation constante, elle peut devenir la graine en vue de favoriser l'avènement de l'expérience de la Claire lumière. C'est elle la véritable force d'opposition qui élimine les émotions fourvoyantes et l'illusion intérieure. Mais elle doit être épaulée par des facteurs complémentaires de renforcement, comme la pratique de la compassion et l'esprit d'éveil conventionnel. Ce dernier est l'aspect méthode de la pratique. La réalisation de la vacuité, soit l'esprit d'éveil ultime, constitue son aspect sagesse. Sur la base de l'association de ces deux esprits éveillés, il est possible de s'engager sur la voie menant à l'état qui en découle, celui d'être pleinement éveillé, l'union du corps et de l'esprit.

VERSETS POUR ACCORDER L'ESPRIT

Voici le texte rédigé par Guéshé Che-ka-wa
à la suite de sa longue expérience pratique
d'exercice de l'esprit.

Connu sous le titre *Exercer l'esprit en sept points*, il est à la base de ce livre où je l'ai cité d'un bout à l'autre. Le voici dans son entier.

Hommage à la grande compassion.
L'essence de ce nectar de l'instruction secrète
est transmise par le maître de Sumatra.
Il vous faut en comprendre la signification
comme celle d'un diamant, du soleil et d'un arbre de [médecine
Le temps des cinq dégénérescences sera alors transmué
en un sentier vers l'éveil plénier.

1.
Explications des préliminaires
comme base de la pratique
D'abord, exercez-vous aux préliminaires.

2 a.
La pratique réelle, formation
à l'esprit éveillé conventionnel
Bannissez celui à blâmer de toute chose.
Méditez la grande bonté de tous les êtres sensibles.

Pratiquez une combinaison de donner et de prendre.
Donner et prendre sont à pratiquer en alternance.
Et il faut commencer à prendre de soi-même
Tous deux sont à harmoniser avec la respiration
À propos des trois objets, des trois poisons et des trois [vertus
L'instruction à suivre, en bref,
Est de les prendre à cœur dans toute activité.

3.
Transmuter des circonstances adverses en voie d'éveil

Lorsque l'environnement et ses habitants débordent [de perversité
Transformez les circonstances adverses en voie d'éveil.
Réfléchissez sur-le-champ à chaque occasion
La méthode suprême s'accompagne des quatre pratiques.

4.
La pratique intégrée d'une seule vie

Exercez-vous aux cinq pouvoirs
Les cinq pouvoirs eux-mêmes sont les préceptes
du transfert de conscience du Grand Véhicule.
Cultivez ces voies de pratique.

5.
La mesure de l'entraînement de l'esprit

Intégrez tous les enseignements en une pensée unique.
La primauté doit être donnée aux deux témoins.
Cultivez avec constance la bonne humeur d'esprit.
Cinq signes saillants marquent l'esprit maîtrisé.
Même distrait, il garde le contrôle.
La maîtrise de l'esprit se mesure à son retournement.

6.
Les engagements de la maîtrise de l'esprit

Exercez-vous sans relâche aux trois points généraux.
Engagez-vous avec vigueur dans les moyens puissants de

cultiver les qualités et abandonnez les émotions
[perturbatrices.
Subjuguez toutes les raisons (de l'égoïsme).
Exercez-vous conséquemment à faire face aux situations
[difficiles.
Ne vous fiez point à d'autres conditions.
Transformez votre attitude, mais gardez votre
[conduite naturelle.
Ne parlez pas des erreurs d'autrui.
Ne vous mêlez pas des affaires des autres.
Renoncez à tout espoir de récompense.
Évitez la nourriture empoisonnée.
Ne persistez point en une loyauté mal placée.
Ne vous livrez pas au persiflage.
Ne tendez pas d'embuscade.
Ne frappez point au cœur.
Ne placez pas la charge d'un cheval sur un poney.
Ne sprintez pas pour gagner la course.
Ne faites pas des dieux des démons.
Ne cherchez point le malheur d'autrui comme outil
[de bonheur.

7.
Les préceptes d'exercice de l'esprit

Chaque yoga doit être accompli comme un seul.
Il y a deux activités à accomplir au début et à la fin.
Entraînez-vous d'abord aux pratiques les plus faciles.
Quoi qu'il arrive soyez de toute façon patient.
Gardez les deux au prix même de votre vie.
Exercez-vous aux trois difficultés.
Transformez toute chose en voie du Grand Véhicule.
Appréciez une pratique ample et significative.
Recherchez les trois conditions principales.
Purifiez d'abord les plus grossières.
Pratiquez ce qui est le plus efficace.
Ne laissez point faiblir les trois facteurs.
Ne vous séparez jamais des trois possessions.
Engagez-vous sur-le-champ dans les pratiques essentielles.
À l'avenir portez toujours une armure.

N'appliquez point de compréhension perverse.
Ne soyez pas intermittent.
Pratiquez sans fléchir.
Libérez-vous par l'examen et l'analyse.
Ne soyez point vantard.
Ne soyez pas emporté.
Ne faites point de tentative éphémère.
N'attendez aucune gratitude.

2 b.
S'exercer à la clarté ultime de l'esprit

Quand la stabilité est atteinte, communiquez
[l'enseignement secret.
Considérez tous les phénomènes comme des rêves.
Examinez la nature de la conscience non née.
Le remède lui-même est délivré à son heure.
Placez l'essence de la voie sur la nature du fondement de tout.
Entre les sessions méditatives, soyez comme
[un conjurateur, un créateur d'illusions.

Voici la version brève rédigée par Guéshé Lang-ri Thang-pa (1054-1123) connue sous le titre de *Huit versets pour accorder l'esprit*. C'est ce qui a inspiré Guéshé Che-ka-wa (1101-1175) à se mettre en quête de quelqu'un porteur de la tradition d'exercice de l'esprit. Ces vers m'ont été expliqués pour la première fois quand j'étais un petit garçon à Lhassa, et depuis, je les ai récités chaque jour, car ils font partie de ma pratique personnelle.

Déterminé à accomplir
Le bien-être le plus élevé de tous les êtres
Supérieur même au joyau-qui-exauce-tous-les désirs
J'apprendrai à les tenir pour suprêmement chers.
Dans chaque relation à autrui j'apprendrai
À me considérer comme le plus humble d'entre tous
Et à tenir respectueusement les autres pour suprêmes
Du plus profond de mon cœur.

En toute action j'apprendrai à examiner mon esprit
Et dès que surgit une émotion perturbatrice
Menaçante pour moi et les autres
Fermement je l'affronterai et la détournerai
J'apprendrai à chérir les êtres malfaisants
Et ceux sous l'emprise de puissants méfaits et souffrances
Comme si j'avais découvert
Un précieux trésor difficile à trouver.
Si par envie d'autres me maltraitent
M'abusent, me calomnient
J'apprendrai à endosser tous les revers
Et à leur accorder la victoire.
Lorsque celui en qui j'aurai placé grand espoir
M'afflige profondément sans raison
J'apprendrai à voir en lui
Un excellent guide spirituel.
En bref, j'apprendrai à offrir à chacun sans exception
Aide et bonheur directement et indirectement
En prenant respectueusement sur moi
Tous les maux et souffrances de mes mères
J'apprendrai à garder toutes ces pratiques
Hors d'atteinte des souillures des huit préoccupations
[mondaines
Et en comprenant que tous les phénomènes sont illusions
Puissé-je être libéré de la servitude de l'attachement.

TABLE DES MATIÈRES

ANATOMIE DE L'ESPRIT

Caroline Myss

Le sens psychologique et énergétique des maladies

Basé sur une recherche de plus de vingt ans en médecine énergétique, le travail exceptionnel de Caroline Myss montre qu'à chaque maladie correspond un stress psychologique et émotionnel bien précis.

Troubles cardiovasculaires, douleurs lombaires, maladies du sang, cancers, allergies, maux de gorge, migraines... rien dans notre corps n'est le fruit du hasard. Toute l'histoire de notre vie y est inscrite : nos symptômes parlent de nos blessures, de nos échecs et de nos peurs.

Avec *Anatomie de l'esprit*, vous découvrirez très précisément les traumatismes et les attitudes qui ont déséquilibré votre système énergétique et vos cellules, et reprendrez le contrôle de votre vie en entretenant des rapports plus sains avec la famille, l'argent, les relations, le travail... et vous-même.

CAROLINE MYSS

Caroline Myss est une intuitive médicale reconnue internationalement. Elle a réalisé une synthèse des plus grandes traditions spirituelles, hindoues, juives, bouddhistes et chrétiennes, pour aider les gens à mieux prendre en charge leur santé.

LES DIX SECRETS DU SUCCÈS ET DE LA PAIX INTÉRIEURE

Dr Wayne W. Dyer

Écouter son âme, ouvrir son cœur

« *Pas un jour ne se passe sans que je pense à Dieu. Non seulement j'y pense, mais en plus je ressens Sa présence durant la plupart des moments où je suis éveillé. C'est un sentiment de contentement et de satisfaction qui dépasse tout ce que je pourrais exprimer dans un livre. Je suis arrivé à connaître la paix de l'Esprit dans ma vie et, grâce à cette connaissance, mes préoccupations, mes problèmes, mes réalisations et mes accumulations perdent de leur importance. Dans ce court ouvrage, j'explique les dix secrets du succès et de la paix intérieure qui, si vous les maîtrisez et les mettez quotidiennement en application, vous guideront aussi vers le même sentiment de sérénité.* »

En compagnie du Dr Wayne Dyer, vous apprendrez des leçons essentielles sur le détachement, le silence et l'estime de soi. En développant votre perception spirituelle, un autre monde s'ouvrira à nous. Vous ne serez plus la proie de vos colères ou de vos culpabilités. En vous mettant à l'écoute de votre être intérieur, vous aurez le pouvoir de devenir la personne que vous avez toujours rêvé d'être. Chaque jour, l'inspiration vous accompagnera pour une vie lumineuse et heureuse.

DR WAYNE W. DYER

Docteur en psychologie et psychothérapeute, le Dr Wayne W. Dyer est l'auteur de *Vos zones erronées* et de nombreux autres best-sellers. Écrivain et conférencier de renommée internationale, il enseigne des principes psychologiques et spirituels fondamentaux pour transformer sa vie.

7472

Composition PCA à Rezé
Achevé d'imprimer en France (La Flèche)
par Brodard et Taupin
le 2 avril 2007. 41006
Dépôt légal avril 2007. EAN 9782290343708
1er dépôt légal dans la collection : octobre 2004

Éditions J'ai lu
87, quai Panhard-et-Levassor, 75013 Paris
Diffusion France et étranger : Flammarion